十年屋

廖雯雯 译

［日］广岛玲子 著

［日］佐竹美保 绘

三环出版社
SANHUAN PUBLISHING HOUSE

·海口·

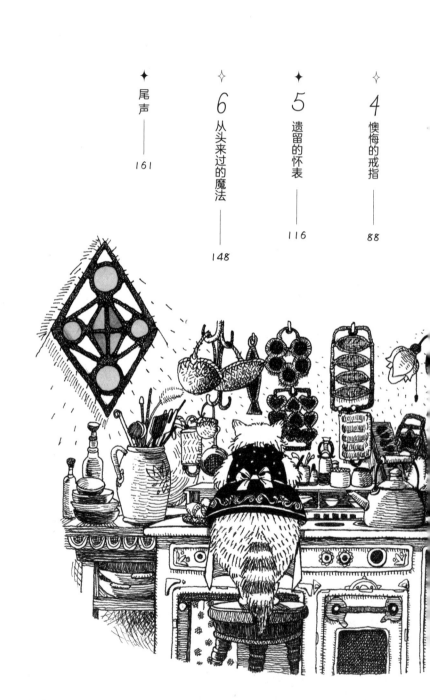

目录 contents

序曲

那些无比惹人爱怜的旧物，即便坏掉，您也不舍得丢弃。

它们储藏着满满的回忆，为此，您希望找个地方，将之小心翼翼地保存。

意义深远的旧物、想要守护的旧物，以及渴望疏远的旧物。

倘若您的手边有这样的旧物，请来"十年屋"吧。

不妨将它们与您的思念一道，交由我保存。

1

怀恋的白兔

不愿失去。

莉莉紧紧地抱住臂弯中的布偶。

这是一只大大的兔子布偶，名叫雪朋。它是莉莉三岁那年，由母亲亲手为她缝制的生日礼物。

抱住它的瞬间，莉莉便深深着了迷。

雪朋洁白如雪，摸起来软绵绵的，黑色纽扣做成的双眼格外可爱。总之，在很长一段时间里，莉莉都对它爱不释手，哪怕洗澡和去卫生间也会带着，甚至任性地说："没有小雪朋陪我，我就不去！"

如今，莉莉已经十五岁了，雪朋依然被她视若珍宝，是她重要的朋友。自从四年前母亲去世，莉莉便对它越发依恋。

"我绝对不会让雪朋离开我，即便到了被称作阿姨、奶奶的年纪，也要和雪朋在一起。"

莉莉坚决地想。

然而，现实渐渐不允许她说出这样的话了。

去年，莉莉有了新的妈妈。继母名叫奈罗，容貌端庄，性情沉稳，对莉莉非常温柔。这让莉莉不由得松了口气，看来自己似乎能与继母好好相处。当然，她依旧十分怨恨父亲……

莉莉没想到，家中的一切随着继母的到来，开始不着痕迹地发生变化。

某天，莉莉忽然察觉，母亲的遗物正在一点点消失。

起居室墙上的装饰画，不知何时被替换成一幅陌生的原野彩绘。

放在暖炉上的小狗饰品，被换成了一只木雕人偶。

母亲之前陆陆续续买回家的银制餐具藏品，被绘有蔷薇图案的成套陶器取代。

不会吧？莉莉难以置信地拉开衣橱。

不见了。装满母亲衣物的箱子竟然消失得无影无踪，一块儿消失的还有母亲心爱的溜冰鞋和项链。那条项链，母亲曾与莉莉约定："等将来莉莉长大了，妈妈就把它送给你哟。"

莉莉脸色苍白，在衣橱里不停翻找，正在这时，身后传来一道声音。

"哎呀，莉莉，你在做什么？"

莉莉回过头，只见奈罗小姐正站在眼前，脸上挂着一抹温和的笑意，气定神闲地凝视着自己。

"不……不见了！妈妈的东西都不见了……"

"啊，你是说放在那里的那些陈年旧物？嗯，我把它们扔掉了哟。因为衣服都被虫蛀了，杂物也破破烂烂的，损毁得厉害。"

奈罗小姐笑眯眯地看着莉莉，那表情仿佛在说：我这样做有什么不对吗？

莉莉差点失控地尖叫起来。

扔掉了？那些根本不是奈罗小姐的东西！"我的一切都归莉莉所有，就这么说好了。"莉莉记得，从前母亲是这样告诉她的，而父亲也没有反对。她简直不敢相信，奈罗小姐就那么随手将它们扔掉了。

然而，莉莉终究没能尖叫出声，因为奈罗小姐始终保持着一如既往的微笑。笑容那样温和，却丝毫不达眼底。她的眼睛里有着冰冷潮湿的光。

这一刻，从莉莉心底涌出的更多的是恐惧，而非愤怒。她不由自主地垂下脑袋。

见此情形，奈罗小姐道："不如将那只兔子布偶也扔掉吧？它已经很破了呢。最重要的是，你今年已经十五岁了，怎么还能玩布偶呢？我帮你把它扔了吧？"

"不要！"

莉莉慌忙抱起放在一旁的雪朋。

"这是妈……妈亲手为我做的玩偶，它对我很重要，是我的宝贝，绝对不能扔！求你了！"

奈罗小姐一言不发，既没有点头，也没有摇头，就那样笑眯眯地凝视着莉莉和雪朋。

莉莉恍然大悟。奈罗小姐已经打定主意要扔掉雪朋。也许不是今天，也许不是明日，然而，只要瞅准时机，她一定会在莉莉不注意的情况下处理掉雪朋。这个女人笑得那样温柔，却那样强势而残忍，打算将关于母亲的记忆从莉莉的内心刮得干干净净。

奈罗小姐离开房间后，莉莉拼命思考保护雪朋的方法。

要试着求求爸爸，告诉他"请不要将妈妈的遗物全部扔掉"吗？不行。奈罗小姐很懂得与爸爸相处的技巧，如果她说"再这么下去，这孩子会一直沉浸在悲伤中无法解脱。为了她好，必须彻底告别过去"，那么，爸爸便会不假思索地站在她那边吧。

此外，自己既无法将雪朋带去学校，又不能把它藏在家中的某处。奈罗小姐非常精明，一定不惜搜遍这个家的每一个角落，也要把雪朋翻出来。

莉莉几乎已经看到奈罗小姐从家里隐秘的角落将雪朋拽出来，一脸自得地将它扔进垃圾桶的模样。想到这里，她便非常难受。

与其任由奈罗小姐扔掉雪朋，不如自己亲自动手，这样做对雪朋更好，不是吗？

怀着黯然的心情，莉莉凝视着雪朋。

昔日的小伙伴已经变得残破不堪，雪白的毛发大部分都已泛黄。耳朵缺失了一只，另一只无精打采地垂着。黑色纽扣做成的两只眼睛，其中一只已经松动。

尽管如此，雪朋依然是莉莉的雪朋。它究竟陪伴了莉莉多久呢？莉莉曾与它一块儿过家家，也玩过海盗寻宝、捉迷藏，一起去过公园、动物园。哪怕被噩梦惊醒，只要抱住雪朋，莉莉就会感到安心。

　　而且，雪朋的身侧始终伴随着妈妈的笑容。妈妈神情慈爱地注视着莉莉，她的目光仿佛太阳般温暖。

　　回忆骤然复苏，莉莉的内心既甜蜜又酸楚。

　　绝不能扔掉雪朋。唉，不过自己究竟该怎么做呢？有没有什么好办法可以保护雪朋？比如有一个地方专门用于寄存自己的心爱之物，又不必花很多钱。唉，要是真有这么方便的事情就好了。

　　正当莉莉这么想的时候——

　　咔哒，窗户那边传来一道声音。似乎有什么东西撞上了窗户。

　　莉莉抱着雪朋，好奇地朝窗户望去。

　　这一看，她立刻大吃一惊。只见窗棂上夹着一张卡片，卡片整体是富有暖意的深棕色，四角用金色和绿色勾勒着精致的图案。卡片中间写着的"十年屋"三个大字，奇妙地牵动了莉莉的心。

　　尽管被这突如其来的卡片吓了一跳，莉莉依然伸手取下了它。

　　卡片是两折式样，用胶水还是别的什么封了口。她翻过卡片，看见背面写着这样几行字：

那些无比惹人爱怜的旧物，即便坏掉，怎也不舍得去卖。

它们储藏着满满的回忆，为此，您希望找个地方，将之小心翼翼地保存。

意义深远的旧物、想要守护的旧物，以及渴望缩远的旧物。

倘若您的手边有这样的旧物，请来"十年屋"吧。

不妨将它们与您的思念一道，交由我保存。

"十年屋？"莉莉歪着脑袋思索，"这是店名吧？也就是说，这张卡片是店铺广告？为什么会被塞进窗户缝隙里？这是怎么回事？"

仔细看去，卡片下方还附了一句话："若有兴趣造访本店，请打开卡片。"

"也许里面画着地图呢。"莉莉把雪朋夹在胳膊下，惴惴不安地拆开卡片的封口。

就在这个瞬间，一股香气轻盈地扑面而来，仿佛刚刚煮好的咖啡散发出的气味。与此同时，卡片上射出的金色光芒，将莉莉柔和地包裹住。

莉莉震惊得连害怕都忘了。不，就算此刻她丝毫不感到惊讶，也不会被吓住。因为，无论是这光芒还是这香气，都充溢着不可思议的温暖与温柔。

回过神来，莉莉发现自己身处一个陌生的场所。

这里是一条小巷，两旁鳞次栉比地耸立着砖块结构的店铺。薄薄的雾霭飘浮在街巷中，一切都在月光下显得朦胧而缥缈。这里既非白天，也非夜晚，犹如被封印在月光石中的神秘世界。

那些并排的店铺，看上去大都隐藏在昏暗之中，店内没有点灯。可能已经闭店，或者正为营业做准备吧。街上也空荡荡的，不见人影。

唯一透出些许光亮的，便是莉莉眼前的这间店铺。和别的店铺一样，它也是用砖块建造的，不过店门涂成了白色，门上的圆窗镶嵌着彩绘玻璃，玻璃上描有勿忘草花纹。店门上方挂着店铺的招牌，上面依稀写着店铺的名字。

仿佛被眼前之景吸引，莉莉不由自主地上前一步，仔细朝那块招牌看去。

"十年屋"。

这三个字拉回了莉莉恍惚的思绪。

十年屋！是卡片上写着的那间店铺！

莉莉紧张地咽了一口口水。

这是魔法。现在，我正在感受奇妙的魔法。

莉莉很早以前便知道，这个世界住着一群被称作魔法使的人。据说，他们虽然为数不多，却擅长使用魔法，而魔法是一种非常罕见的力量。

说起魔法，大伯母家似乎有一只奇妙的胡桃夹子人偶。每当有客人到访，人偶都会用手中的玩具手枪射击，给予客人警告。大伯母说这是从魔法使那儿得来的……里面确实藏着魔法。

然而，眼下还是莉莉头一回亲身体验魔法，她不禁激动得心脏扑通直跳。

不管怎么说，对方已经运用魔法邀请莉莉来到这里。虽然不知这道邀请具体由何人发出，但她觉得自己必须走进店铺。

"我们走吧，雪朋。"

莉莉对着怀里的雪朋轻声道，然后慢慢往前走去。

推开白色的店门，丁零，莉莉听见挂在玄关处的铃铛扬起细碎清脆的声响。

令人意外的是，店铺十分宽敞，却四处堆满物品。

书本一堆一堆叠放着，状若小山。除此以外，屋子里杂乱无序地摆着唱片机、储物柜、床等家具。近处的角落里有座钟和玻璃饰品，稍远一点的角落里则随意放置着钢琴与小提琴。金银质地的项链、戒指、胸针几乎从大木箱中溢出来，老旧的木桶里插着手杖和钓鱼竿。

这里简直就像一家古董铺，莉莉心想，绝对不会令人联想到废品屋。因为，通常只会在废品屋里见到的破烂鞋子、损坏的玩具，以及一些不知有何用途的物件，虽然堆得满屋都是，但每一件都散发出"珍贵之物""无可取代之物"的气息。

这让莉莉觉得自己不能随便触碰它们，于是，她尽量双手抱紧雪朋，往前走去。

莉莉小心翼翼地从杂物之间的狭长空隙穿过，渐渐能够看见屋子深处的柜台。一名年轻男子坐在柜台前。

男子身材瘦削，个子高挑。他在雪白的衬衫外面罩了一件深棕色的西装背心，色调格外鲜明，长裤也是深棕色的。他揣着一只怀表，金色的表链仿佛伸长了脖子，透过背心口袋向外张望。男子脚上的米色皮鞋闪闪发光，脖子上系着鲜艳的浅紫色领巾，这样的色彩对比带给人强烈的

视觉冲击。

男子有一头蓬松的栗色长发，瞳仁是深邃的琥珀色，鼻梁上架着素雅的银质细框眼镜。

这个人明明容貌很年轻，浑身上下却透露出某种老派作风。他一只手将一小截骸骨贴在耳边，另一只手握着羽毛笔，在纸上不停地写写画画。

察觉到莉莉的到来，男子微微一笑。

"欢迎光临。您来这里，是有物品希望寄存吗？"

"那……那个……可能是吧。"

"原来是这样。眼下我有一些急事要处理，请您在里间稍待片刻。喂，卡拉西，过来招呼客人。"

"马上就来。"

这时，一只猫咪从里间步履蹒跚地走到莉莉面前。它有一身柔软的橘色皮毛和一对祖母绿的眼睛。令人吃惊的是，它竟然用一双后足像人类那般行走，并且在脖子上系着黑色的蝴蝶结，穿着同色的有银色刺绣花纹的天鹅绒背心，模样格外可爱。

猫咪对着莉莉行了一礼，用惹人怜爱的声音道："我是执事卡拉西，请随我去里间，客人。"

"好……好的。"

店铺深处另有一个小小的房间。豪华的暖炉前方，摆放着一张圆桌和两张厚实的扶手沙发，想必这间屋子便是会客室了。

卡拉西请莉莉在沙发上坐下后便独自离开，也不知去了哪里。

莉莉依言坐在沙发上，东张西望地打量着四周。整个店铺就数这间屋子最整洁，每个角落都打扫得纤尘不染，一定是方才的猫咪用掸子和扫帚辛勤劳动的成果。莉莉想象着猫咪工作时的模样，不禁扑哧一笑："真是可爱呀！"

正这么想着，卡拉西再次回到房间。这一次，它双手端着托盘，上面盛放着一套漂亮的茶具和曲奇饼干。

卡拉西将茶杯放在桌上，开始泡茶。见此情形，莉莉不由自主地对着它轻声道："你，莫非是魔法使？"

"并非如此。卡拉西是这家店铺正经的工作人员，一日三餐均由主人负责，每月按时领受薪水。"

"这……这样啊。你这么认真地工作，真了不起。"

"多谢夸奖。"

卡拉西开心地笑着，对莉莉鞠了一躬。

"这是您的茶，请趁热享用，如果有兴趣，也请尝尝这边的曲奇饼干。"

"那我就不客气了。"

莉莉喝了一口红茶，拿起一片曲奇放到嘴边。红茶的香气十分浓郁，嵌着椰粒的曲奇饼干酥脆又可口。

"真好吃。这曲奇是你烤的吗？"

"是的，能合您的口味，卡拉西深感荣幸。"

"噗，你说话总是这么一本正经呀。"

"大家常常这样说。"

"哎，能和你聊聊天吗？除了你，店里还有别的猫咪执事吗？"

"这间店铺只有主人与卡拉西。"

"主人就是刚才坐在柜台前的那个男人吗？"

"正是，他便是主人。他有十年魔法的操控资历，因此这间店铺被大家称作'十年屋'。"

"十年魔法？"

这是什么意思？莉莉刚想问个究竟，男子恰好走进会客室。

"卡拉西，辛苦了。你可以去忙别的了。"

"遵命。那么，这位客人，卡拉西就此失陪了。"

卡拉西冲二人点头致意，很快离开。会客室里只剩下莉莉与男子二人。

莉莉有些手足无措地看向男子。银质细框眼镜的后面，男子琥珀色的瞳仁熠熠生辉，那是两束令人无来由地心慌意乱的光芒。

男子微笑着开口："我通常被大家称作'十年屋'。这位客人，欢迎光临本店。"

"那……那个……我，呃，不太明白是怎么回事……卡片突然飞来我家，我打开后……"

"我明白。对于有必要前来本店的客人，我都会亲自安排招待券。"

"……你是魔法使吗？"

"没错。您是第一次遇见魔法使吗？"

"我以前在报纸和书籍里也读到过，不过还是第一次遇到魔法使。"

"原来如此。总之，很高兴您能应邀前来。看起来，您的确有很大的烦恼，而原因便是您手中的那只玩偶，对吗？"

18

被男子一针见血地指出后，莉莉惊得浑身一颤，不由得将怀中的雪朋抱得更紧。

十年屋了然地笑了。

"我想事情应该是这样的吧，对您而言，它是无比珍贵的玩偶。然而，您的家人却命令您扔掉它，您百般不愿，于是接受了本店的邀请，对吗？"

"魔法使……都有读心术吗？"

"那自然是没有的。不过，本店的客人大都想要好好寄存自己的回忆之物……回忆之物因人而异，在别人眼中也许是毫无用处的废品，对当事人而言却是无可取代的宝物，因此才无法舍弃、不愿舍弃。本店便是专为寄存这样的物品而开设的。"

莉莉松了一口气。

"那……那么……雪……不，这只玩偶可以寄存在店里吗？"

"当然可以。"说着，十年屋的目光忽然变得有些锐利，"想必您也了解，操控魔法必须付出相应的代价。我所操控的'十年魔法'，是一种关于时间的法术。因此，作为报酬，客人您需要将自己的时间支付给我。"

"我的时间？"

"据实说来，是您的寿命。"

闻言，莉莉大吃一惊。

魔法使安抚地对她微微一笑，道："乍一听寿命这个词，您一定感到匪夷所思吧。不过，请听我继续说完。本店会为您保存您的物品十年，这十年间，它不会有丝毫改变，也就是说，寄存期间，您的物品不会出现任何老化、损伤的痕迹。与之相应的，我会收取您一年的寿命作为报酬。您意下如何？用一年的寿命换取十年寄存期，应该不过分吧？"

"……"

"总之，决定权在客人手中。请慢慢考虑，您的那只玩偶究竟有没有这样的价值。"

这番话柔和而沉重，平静且有力量。莉莉内心的畏惧与不安渐渐消散。

"……请让我考虑一下。"

"您希望考虑多久都没关系，那么，容我暂时失陪，处理一下其他事务。"

说完，十年屋便静静地离开了房间。

莉莉独自面对着怀里的雪朋，一时有些犹豫。此时此刻，两种完全矛盾的想法在她的脑海中激烈地斗争，一种是"如果为了小雪朋，当然可以"，另一种是"就为区区一只玩偶，值得吗"。

但是……

莉莉瞅着雪朋那只松垮的眼珠，心想：这是妈妈亲手为我缝制的，是妈妈留给我的遗物。假如扔掉雪朋，我一定会后悔的，而我讨厌后悔，因为这种情绪必将纠缠自己一辈子，永远不会消失。

况且，要是让雪朋在安全的地方避难，就能一举击溃奈罗小姐的阴谋，让那个可恶的女人大惊失色，不是吗？

……决定了。

莉莉吸了吸鼻子，轻声叫道："十年屋先生。"

十年屋很快再次返回。

"您已经决定了吗？"

"是的，我愿意支付自己的寿命。请代我保管雪朋。"

"我明白了。那么，接下来请与我签订契约吧。"

十年屋不知从哪儿掏出一本黑色皮革封面的手札以及一支银色的钢笔。

"首先，我为您讲讲契约的具体内容。寄存期限为十年，期限之内，您有权在任何时候取回寄存的物品。不过，即便寄存期限未满十年，也无法退还已经支付的寿命。这一点，还望知悉。"

"好……好的。"

"十年期满后，这边会向客人发出期限已至的通知，届时客人可自行来本店取回寄存物品，若决定不再取回，则该物品正式归本店所有。"说完，十年屋再次问道，"以上便是契约的内容，没问题吧？"

莉莉点了点头。

"好的。那么，请容许我仔细记录寄存物品的相关情况。"

十年屋翻开手札，用钢笔流畅地书写着。

"类别为玩偶，名称为……这只玩偶叫什么名字？"

"雪朋。"

"好的，名称为雪朋，寄存日期为大帝国历 144 年10 月 22 日……完成。接下来，请在这个位置的下方签字。"

"好……好的。"

莉莉接过钢笔，随即吃了一惊。

好沉。实在太沉了。看来是纯银制造的。不，不止如此，这支钢笔一定被施加了魔法。

这个瞬间，莉莉强烈地意识到，自己已经没有任何退路了。

然而不要紧，这样做是为了雪朋好。

莉莉在十年屋翻开的手札页面上，郑重地签下自己的名字，她感觉有什么东西随着墨水从体内流出。她的寿命正被取走，正被吸入契约书里——莉莉清晰地明白。

即便如此，她也认真写完了最后一笔。

少女脸色苍白，站在她面前的十年屋啪的一声合上了手札。

"好了，契约从此生效。接下来，请将您的寄存物品交给我吧。"

说着，十年屋向莉莉伸出手。莉莉将雪朋交给了他。

"请……请代我好好保管它啊。"

"这是当然的。直到您取回的那天为止，它都将保持原状，不会增添一道伤口。"

十年屋微笑着回答，笑容温柔，令人信服。

然后，在十年屋与卡拉西的目送之下，莉莉走向那扇白色的店门。

途中，她一边走着，一边打量着将店铺填得满满当当的物品。

"莫非，这里的物品全是……"

"对，所有物品都是客人们寄存在这里的。契约到期后，他们没有来取，这些东西便归本店所有了。"

"哪怕没人来取，它们都不会被扔掉吗？"

"一件也不会。寄存在这里的物品，的确拥有与之匹配的价值，因此，才会像这样被摆放在店内，等待它们的新主人，毕竟有些客人就是想要收藏这类物品。"

绝不丢弃任何一件物品。这句话让莉莉彻底放下心来。

"那么，后会有期。"十年屋道。

"后会有期，客人。"卡拉西也道。

和十年屋、卡拉西道别后，莉莉走出了店铺。被街巷中的雾霭笼罩的瞬间，她才猛地反应过来，自己是被魔法召唤而来的。这里是哪里？她又该如何回家呢？莉莉一筹莫展。

"那个，我要怎样才能回……"

莉莉转过头，来不及说完的话全堵在了嗓子里。

十年屋与卡拉西的身影早已消失，连那扇镶嵌着彩绘玻璃窗的白色店门、砖块构造的店铺，甚至笼罩在雾霭中的神奇小巷，通通消失得无影无踪。

此刻的她，已经置身自己熟悉的卧室。一切与往常无异，没有任何古怪之处。只是她觉得非常累，就像收拾屋子的时候，她坐在堆满杂物的地板上，累得仿佛失去了所有的力气。

不，并非一切都与往常无异。雪朋已经不在了，既不在自己怀里，也不在房间的任何一处。它已经被她寄存在魔法使的店铺里。

忽然，莉莉感觉内心不再如往日那般沉甸甸的。

从今以后，她无须担心雪朋，因为雪朋至少拥有十年的寄存期。倘若奈罗小姐问起，她可以说"已经把它扔掉了"，总之，眼下的问题暂时解决了。

"……小雪朋，我一定会去接你的。"

莉莉呢喃着，继续收拾乱七八糟的衣橱。

光阴如梭，不知不觉间，很多年过去了。

起初，莉莉格外挂念雪朋，担心得不得了，而这种情绪随着时间慢慢淡去。毕竟，每日都有新的事情降临在莉莉身上。比如，莉莉同奈罗小姐大吵一架后，离家出走；比如被父亲训斥"住不惯家里，就搬去学校宿舍吧"；比如顺利升入大学；比如暗暗喜欢上优秀的男生。

记忆不断翻开崭新的篇章，不知从何时开始，莉莉不再想起十年屋与雪朋。

然后……

某天，莉莉正坐在起居室的沙发上悠闲地看书，身旁的桌子上放着茶杯，杯里的热牛奶飘出袅袅的水汽，此外，她还为自己配了一小块巧克力，算是小小的享受。

莉莉一边品味这难得的闲暇时光，一边慢慢地翻过一页。下页是一幅插画，一只小猫悄然行走在墙垣上。

恰在这时，不可思议的事情发生了。

画中的猫咪，忽然朝她看了过来。

莉莉瞠目结舌，只见面前的猫咪霍然用后足支撑起整个身体，变魔术似的掏出一张卡片，交给莉莉。

莉莉惊讶地伸出手，不由自主地接下卡片。

扑簌，卡片从摊开的书本上飘然而落。莉莉急忙拾起卡片，再次朝书里看去。猫咪已经回到原本的插画中。它一动不动，再也不往自己这边瞧一眼。

"这究竟……是怎么回事啊？"

莉莉歪着头思索，凝视着从书里飘落的卡片。这张卡片是两折式样，整体呈深棕色，边缘勾勒着蔓草图案，中间则优雅地写着"十年屋"三个字。

"啊！"

渐渐地，早已沉睡的记忆鲜明地复苏了。莉莉感到不可思议，为什么自己会将这件事忘得一干二净，直到今日才想起呢。

"小雪朋……十年屋……卡拉西……小雪朋。"

莉莉慌忙翻过卡片，背面的字迹立刻映入眼帘：

> 莉莉·柯塔斯小姐，时隔十年，再次向您问候。不知您身体如何，是否别来无恙？您于十年前在本店寄存的物品即将满期。若您打算取回寄存物品，请打开卡片。若不打算取回，请在卡片上画下一道×印，契约有效期至此结束，寄存的物品将正式归本店所有。
>
> 请多打扰，敬请见谅。
>
> 十年屋谨启

莉莉反复读了两遍，而后猛地从沙发上起身，复又坐下。

原来，已经过去十年了。仔细想想，那时的自己年仅十五岁，眼下已经二十五岁了。昔日纤弱的少女，已在两年前与心爱之人共结连理，成为贤淑的年轻妻子。与当年的自己相比，此时的她仿佛换了一个人。

然而，雪朋一定仍像从前那般，分毫未变。

雪朋。那是妈妈亲手为她缝制的白兔玩偶，是充满回忆的珍贵宝物。记得当初奈罗小姐想要扔掉它，自己百般不愿，拼命抗争，不惜一切代价将它寄存在十年屋的店铺里。

珍贵之物险些被扔掉的焦灼、愤怒与恐惧，那时的自己内心所感受的痛楚，如今一一浮现。不过，莉莉的情绪已不再起伏。

而她之所以能够如此平静，或许是因为早已与继母奈罗小姐达成了和解。

两年前，莉莉婚礼的前一日，奈罗小姐交给莉莉一只大木箱，箱子里满满地存放着莉莉亲生母亲的衣物与其他小物件。

奈罗小姐对莉莉坦言，原来当年她说要把它们扔掉，都是骗莉莉的。实际上，她已悄悄将这些物品保存起来。

"当年是我做得不好，对不起。可是……请听我解释。那个家里，一直残留着你母亲的气息，无论是放在橱柜里的餐具，还是家里的装饰品，甚至连床罩都是她买来的，而属于我的位置，一处也没有。我既害怕又嫉恨，希望把那个家变成我的，于是每日都会收拾布置，并且认为，如果家里没有一件你妈妈的旧物，是不是就能让你忘记与她的回忆，而更加愿意亲近我呢……我真是太轻率了，对不起。"

奈罗小姐一边哭着，一边道歉。见此情形，莉莉原谅了她。毕竟，那些属于妈妈的珍贵遗物已经回来，对于奈罗小姐的心情，长大成人的她也多少能够理解。

如今，两年过去了，莉莉越发理解奈罗小姐当时的心境。

"那时的她，也……很难受吧，被迫成为一个孩子的母亲，内心想必格外焦虑。"

莉莉喃喃道，轻柔地抚摸着自己的小腹。她的小腹已经高高隆起，还有两个月，她的宝宝便要出生了。

她想将雪朋送给宝宝。想来，雪朋一定愿意守护她的孩子吧，犹如当初陪伴她那样，寸步不离地守在宝宝身边，倾听宝宝的话语，为他驱逐噩梦。雪朋已经很破旧了？不不，只要好好清洗一番，它会再次拥有从前那身柔软雪白的皮毛。还有那只松垮的眼睛，用针线就能重新缝得牢牢的。

　　待宝宝长大后，自己便会告诉他关于雪朋的一切："这只小白兔，是外婆亲手做的哟。它是妈妈的好朋友，对妈妈而言格外重要，因此，妈妈将它送给同样重要的你。"

　　"小雪朋……我这就出发，接你回家。"

　　莉莉呢喃着，缓缓打开了卡片。

2
傲慢的相簿

玛卡怒火中烧。只因这一天，她和恋人丹吵架了。

这场争执是由野餐引发的。休息日，两人计划前往海边野餐，为此，丹从好几日前便开始用心筹备，不仅向朋友借来小汽车，还准备好了野餐套具及海边专用的大型遮阳伞。

谁知野餐当日，玛卡忽然改变主意，不愿去了。仔细想想，在海边野餐毫无乐趣可言。海风吹得皮肤黏黏的，好不容易打理出的发型也被弄得乱七八糟。另外，脚底全是沙子这一点，玛卡也难以忍受。再说，昨天她新买了衣服与鞋子，此刻更盼着穿上它们外出逛街，好好对过往的行人炫耀一番。

于是，她对来接自己的丹说："咱们今天还是别去野餐了，改看电影吧？"

面对她突如其来的任性要求，素日里性情沉稳的丹生气了。他一言不发地回到车上，扔下玛卡，独自开着车扬尘而去。

这天以后，两人既未通话，亦无书信往来，当然更谈不上会面。

丹的态度激怒了玛卡，也令她备受打击，想不到向来对她有求必应的丹，竟然会为这种小事发火。

什么嘛，明明从小和我一块儿长大，我是怎样的性格，你难道不清楚吗？为那么点小事发这么大的火，真是差劲。啊啊，还是算了吧。本想着迟早有一天和他结婚的，如今看来，就算他求我和他结婚，我也瞧不上眼，还是去找更优秀的男人吧。

既然如此，玛卡觉得，自己必须将丹这个人忘得干干净净才行。

她开始大规模清理家中与丹有关的物品，打算全部扔掉。她十七岁成为丹的女朋友，今年已经二十二岁了。五年来，丹送给她的各种礼物堆积如山，此时都被她毫无留恋地扔进了垃圾桶。

比如鞋子、衣服、饰品、可爱的小物件，逛庙会时买下的面具和射击游戏的纪念品等。

她将这些礼物陆续扔进垃圾桶，最后，伸手拿过一本厚厚的相簿。这是最关键的东西，自己已经决定和丹分手，显然不能留下它。

不过，扔掉之前不妨再看一遍吧。玛卡心想，于是翻开相簿。相簿的每一页都贴满照片，是从前约会时，丹为玛卡拍摄的。

丹酷爱摄影，学生时代便努力攒钱，为自己买了一部相机。在玛卡看来，那么大一笔钱，与其用来买相机，不如买些奢侈的礼物给她更划算。不过，丹用这么昂贵的相机为她拍很多好看的照片，玛卡也觉得十分得意。

而且，丹能将玛卡拍得非常漂亮。"丹的摄影技术真是高超啊。"每逢周围的人如此夸赞，玛卡都会回答："这是因为人家长得好看嘛。"眼下，玛卡重新翻看这些照片，觉得自己果然貌美如花。

"笑一笑。嗯，很不错！保持这个姿势，别动。"

为她拍照时，丹时常一边调整相机位置，一边这样对她说道。此刻，他的声音忽然浮现在她的脑海，不仅如此，与丹一块儿欣赏过的风景、约会时品尝过的冰淇淋的滋味、初次接吻时雀跃的心情，都一一从记忆中复苏。

昔日的经历接连不断地向玛卡袭来，令她感到痛苦，甚至流下了眼泪。

我竟然会为那种家伙哭鼻子，太不甘心了！

但，究竟是怎么回事？唯有这本相簿，玛卡说什么也没法扔进垃圾桶，感觉无论如何也不能扔掉它。这么想着，她的内心越发不甘了。

正当她恨得咬牙切齿时，忽然发现地板上有一张深棕色的卡片。

这东西也是自己的吗？还是说，它刚刚被谁从门缝里塞进来？那么，是丹写来的道歉信？

玛卡放下手中的相簿，飞扑向卡片。她连寄出者的身份也没确认，便径直打开了这张两折式样的卡片。

恍惚听到咔哧一声，玛卡整个人被笼罩在一片芬芳的气味与金色的光芒中。

玛卡只觉一阵头晕目眩，禁不住用手捂住脸。直到察觉光芒消散，她才放下手。

吓死她了。奇怪，她是什么时候闯入这条满是雾霭的陌生小巷的？街巷两旁并排矗立着一座座砖块构造的建筑，窗户上、店门的玻璃上皆垂着帘子，店内似乎没有人。

唯有一家店铺看上去与众不同，店内充溢着温暖的灯光，似乎正对她说："欢迎光临。"

　　"搞什么嘛，真是的！"

　　尽管提心吊胆，玛卡依然决定走进那家点着灯的店铺瞧瞧。她得问问店员这里到底是什么地方，然后借用店里的电话，让丹过来接自己回去。虽说两人正在吵架，可毕竟仍是恋人关系，倘若丹得知玛卡遇到了麻烦，肯定会不顾一切地飞奔而来。

　　"……嗯，到那时再果断干脆地将他甩掉吧。"

　　倘若自己主动要求分手，也不知丹会露出怎样的表情呢？

　　玛卡一边想着，一边推开镶嵌着彩绘圆窗的白色店门。

　　丁零。

　　耳边传来铃铛清脆的声响，犹如铃兰花在风中摇曳。

　　走进店铺，玛卡不由得蹙起眉头。整间店铺四处堆积着杂物，逼仄不堪，而且，每件物品看起来都很陈旧。说好听点是古董，在玛卡眼里，不过是一堆毫无价值的废铜烂铁罢了。

　　"哎……"

玛卡无法控制地干哕出声。她最厌恶陈年老物。在这世上，二手物品是穷人才会感恩戴德地使用的东西，她可绝对不要像他们一样。

物品散发的陈腐气息似乎沾在玛卡的身体和头发上，她心浮气躁地往前走着。

这时，店铺深处的柜台忽然映入她的眼帘。柜台前坐着一名年轻男子，他穿着雪白的衬衫，搭配深棕色的背心与长裤，以及一条时髦的孔雀石色领巾。这副打扮在当今年轻人中着实罕见，于他却异常合衬。

他的头发是栗色的，柔软微卷，瞳仁则呈琥珀色，鼻梁上架着银质细框眼镜，看起来略显老成，一张脸格外有魅力。总而言之，这是一位给人"特别"之感的男子，与普通人大相径庭。

他长得可真帅气。

玛卡自作主张地将他纳入恋人候选名单。

男人的身前有只橘色的猫咪。也不知它接受过怎样的训练，竟然如同人类的小孩一般，坐在柜台上，一边摇晃着双腿，一边用前爪灵巧地端送茶杯。它穿着黑色的西装背心，脖子上系着蝴蝶结。

玛卡再次皱眉。因为从前被猫咪抓伤过，所以她十分不喜欢这种动物。

也是这个原因，她语气厌恶地高声喊道："我说！"

"啊，原来有客人造访。欢迎光临。"

"我可不是什么客人。首先，能不能让这只猫一边儿去？我讨厌猫。"

闻言，男子脸上有怒气一闪即逝，却仍旧对猫咪点了点头。猫咪也对他点点头，从柜台上起身，站到地板上，退入店铺的里间。不知为何，它走路时也用一双后足，且步履蹒跚。男子注视着猫咪离开的背影，冲它道："对了，卡拉西，不用上茶或咖啡了。"

"……这是自然的。"猫咪用动听的声音回答。

这回轮到玛卡大吃一惊。猫咪竟然讲话了，听起来简直就像人类。而男子也理所当然地与它搭话。

玛卡眼珠转来转去，飞快地打量四周，总算明白了自己的处境。

她是从自己的房间忽然来到这个陌生地方的。而这里有一只像人类一样行走的猫，以及一位散发着神秘气场的男人。

"你，莫非就是所谓的魔法使？好厉害！我还是第一次亲眼见到魔法使！"

"是吗？不过，我的事可不是重点。"

男子语气恭敬，却透出一股疏离的味道。

"相比起来，还是客人您的事比较重要。您会来到本店，想必是有某些难以丢弃、希望寄存的物品吧。就是您携带的那本相簿吗？"

不知什么时候，那本相簿被玛卡夹在了胳膊下。她记得自己已将它留在家里，看来魔法真是很神奇的东西，她的心情越发雀跃。

"嗯，这里面的照片呢，都是男朋友为我拍的。"

"原来如此。请容我欣赏一番。啊，拍得很不错，令人一看便感受到摄影师本人的爱意。"

"但是，那份爱好像已经冷却了。最近，那个人忽然对我冷淡起来，我们之间再也走不下去了，唉。"

玛卡眼眶里噙着泪水，梨花带雨地哭诉着，犹如故事中悲情的女主角。同时，她假意擦拭眼泪，乘机迅速朝魔法使瞥了一眼。可惜，魔法使的脸上始终挂着淡淡的微笑，对于她的经历，既不感到同情，亦没有任何兴趣。

玛卡有些恼怒，拼命扮演"看起来可爱的自己"，并且喋喋不休地讲述丹对自己有多么薄情自私。

"……就是这么回事，我决定清理身边关于他的物品，不想再被他的态度搞得魂不守舍。不过，这本相簿里全是我的照片，我可下不了手把它扔掉。"

"确实，相簿里寄托着摄影师本人的情意，扔掉实在可惜。我明白了，看来本店的招待券已经送至客人手中。"

"招待券？啊，你是指那张卡片？"

"没错，本店专为客人们保管重要之物，期限为十年。因为施加了魔法，所以寄存的物品绝不会出现损毁或老化的现象。不过，我们的店规是，需要向客人收取一年的寿命作为报酬。"

魔法使用"您意下如何"的目光看向玛卡。他琥珀色的眸子令玛卡心醉神迷，这双眼睛是多么罕见啊。

她越来越觉得，这个男人也许是不错的人选。

"客人，您在听吗？"

"啊？哦，那个，你刚才说什么？"

"我是说，您需要本店的服务吗，还是说不打算寄存？倘若思考时间延长至十年，关于最终如何处理这本相簿，您定然会有所决断。但若您珍惜那一年的寿命，大可不必勉强自己。"

被告知一切取决于自己的想法后，玛卡艰难地思索着。

此时的玛卡已暗下决心，要让眼前的这位魔法使成为她的人。

有个魔法使做男朋友，不仅行事便利，还能对其他人炫耀。嗯，她一定要让他做自己的男朋友。

为此，她必须制造机会，以便二人保持联系。说实话，对这本相簿她没那么在意，只要将它寄存在店里，自己就有借口再次上门，与魔法使见面。寿命？那有什么大不了的，付给他就是了。反正才一年而已。到那时，她已经是走路一瘸一拐的老太婆了，少活一年岂不是更好？

玛卡点头同意。

"好啊，我愿意支付寿命，就把相簿寄存在这儿吧。"

"明白了，这便为您准备契约书。"

接下来，魔法使一五一十地将契约内容念给玛卡听。她心不在焉地听着，完全不知道他说了什么，反而不停幻想着，未来某日，他成为自己的恋人后，自己该如何使唤他，让他为自己实现各种愿望。

因此，她一个劲儿地胡乱点头，末了，接过魔法使递来的黑色皮革手札，在上面唰唰签下自己的名字。

"契约从此生效，相簿由本店保存。您慢走，路上请小心。"

魔法使指了指店门，礼貌地下了逐客令。玛卡顿时急了，倘若就这么回去，那她究竟是为什么而支付掉一年的寿命啊？她连他姓甚名谁都没有打听到呢。

于是，她用撒娇的语气问道："喂，我能不能时常回来看看我的相簿呢？啊，对了，我还没请教你的名字呢。"

"我的名字不值得客人费心牢记。请叫我十年屋。当您真正需要之时，通往本店的道路将再次为您开启。"

说着，魔法使对玛卡道了再见。这一回，他的语气有些冰冷。

仿佛在催促她，别再絮絮叨叨了，请快点离开吧。

一想到此，玛卡便忍不住火大。

什么嘛，难得给了他认识我的机会，竟然这个态度！不说拉倒，今天就暂时回家去吧。

玛卡怒气冲冲地走出店门。

下一秒，她已经置身自己的房间。真的是在转瞬之间，仿佛眨了眨眼，她便回来了。玛卡感觉自己仿佛做了场梦，而最关键的是，她的的确确遇见了魔法使，证据便是即使她找遍房间的每个角落，也找不到那本相簿。

玛卡得意地笑了。

接下来，自己只需再见魔法使一次，向他好好展露自己的魅力就行。这事一点也不难，毕竟自己这么可爱，又懂得如何利用撒娇、微笑来掌控男人的心。哪怕他是魔法使又如何，照样抵不住我的魅力。对了，扔掉这些垃圾后，不如去买新衣服吧。那个男人喜欢什么类型的女人？也不知买那种款式时髦而不张扬的浅色连衣裙，合不合他的心意？

玛卡一边思索着，一边拎着几个装得满满当当的垃圾袋走出房间。

两周时间过去了。

玛卡的心情很低落。理由是，她没能见到魔法使。

那天以后，她不知祈求了多少次，甚至双手合十地祷告，希望可以重回那家店铺，可惜一点用处都没有。魔法并未发动，无论是店铺还是魔法使本人，都再也不曾出现在她眼前。

她打算亲自找过去，却不清楚那家店铺的具体位置，连它位于哪片街区都一无所知。这样一来，哪怕将地图看出洞来也于事无补。

或许，让魔法使做自己的男朋友，原本便是不切实际的事情吧。

就在她打算放弃，继而寻找别的男人时，一个意想不到的人出现了。

此人正是她从前的恋人，丹。

时隔三周再见，丹看上去憔悴至极。他发丝凌乱，胡子也没刮，衣服皱巴巴的，令人不忍直视，脸上甚至挂着浓浓的黑眼圈。

然而，当他看见玛卡的瞬间，那张脸忽然绽放出某种光辉。

"玛卡，这些日子你还好吗？"

看着眼前的丹，玛卡顿时瞪圆双眼。

"事到如今，你还跑来做什么？看着就觉得碍眼，拜托你能快点离开吗？"

玛卡话里带刺，丹愧疚地垂下了眼睛。

"真的抱歉，其实当时我也是被逼无奈。原因没有告诉你，那阵子，我刚好被公司委派了一个重大项目，各方面压力都很大，希望至少能够和你一块儿愉快地度过休息日，可当天听了你的那句话，我非常不开心。若在平时，听听也就罢了，偏偏那时候我没忍住。对不起。"

"如今说这些，已经太迟了！过了整整三个礼拜，你才优哉游哉地跑来道歉？！真是的，你脑子没毛病吧？"

"这点我也可以解释，那个项目出了很大的麻烦，这段时间我都待在公司，寸步不离，没有回家，没有时间给你写信，不过……总算还是有收获的。"

"啊？"

"多亏完成了这个项目，我顺利升职了，薪水也上涨不少，以后你的任何心愿，我都能为你实现。你的开朗活泼，就像太阳般耀眼，对平凡又不起眼的我而言，是不可或缺的宝物。因此，玛卡，请嫁给我吧。"

说完，丹从衣兜里掏出一个小盒子，递给玛卡。

盒子中静静地躺着一枚戒指。戒指上镶嵌着一颗硕大的钻石，绽放出炫目的光芒。

玛卡的目光立刻被钻石的光辉吸引了，下一个瞬间，她死死地搂住丹的脖子。

"好啊！这是当然的喽！既然你已这么努力地解释过了，我就嫁给你吧！"

自己果然还是喜欢丹的！丹才是最棒的！尽管外表有些不起眼，好在他性情温和，对自己言听计从，况且，他的薪水上涨，便意味着将来自己有可能过上富家太太的生活。这样看来，做这个男人的妻子，也不是坏事嘛。

丹为她戴戒指时，她畅想着往后的幸福日子，不由得有些失神。

那天以后，一切似乎变得一帆风顺。他们不仅一块儿去看新房，还买了家具与餐具。

最重要的是，两人开始筹备婚礼，制作请柬、预约环境优美的花园餐厅，甚至专门定做了一款大型婚宴蛋糕。

当然，婚纱也是精心挑选的。

玛卡逛遍城里的婚纱店，最后挑选了一套全身缀满小颗珍珠的豪华婚纱。婚纱价格昂贵，可她声称自己就是看中了这一套，怎么也不肯妥协。

"因为，这套婚纱真的非常非常适合人家嘛。"

玛卡试穿后感觉格外满意。看着这样的玛卡，丹也露出幸福的微笑，赞叹道："很美呢。"

"啊，对了，以前我给你拍的那些照片，你还留着吗？"

"嗯？为什么问这个？"

"机会难得，不如就用它们装饰会场吧？我想让前来参加婚礼的宾客们好好看看，曾经的你有多么美，而如今，你的美丝毫不亚于当时。这个主意不错吧？"

"是……是吗？可是这么做会显得很自恋吧，人家会不好意思呢……还是算了吧？"

"拜托了，玛卡。我知道自己这么说有些任性，可唯有这件事请你答应我，其余的都按你的意思办。"

见丹一反常态，如此热切地请求自己，玛卡只好不情不愿地应下。

"我知道了。不过，前阵子我在家大扫除，忘记把那本相簿放哪儿了。我得花些时间找找，你可以等一等吗？"

"没问题。婚礼前能找到就行。"

"嗯……"

随后，两人在一家装潢不错的餐厅用餐，又散了会儿步，便各自回家了。

刚回到自己的房间，玛卡便用力挠了挠脑袋。别看方才她在丹面前强颜欢笑，其实她的内心焦急得不得了！

相簿？当然在，而且就在那个叫十年屋的奇怪魔法使手里！讨厌，丹也真是的！为什么要提这种要求呢？啊啊，怎么办？真希望那本相簿立刻出现在自己面前！

玛卡想要取回相簿。

当这个念头鲜明地在心底浮现时，她的眼前忽然漫过一片雾霭。

不知何时，玛卡再次站在"十年屋"门前。真奇怪，明明之前她也无数次强烈地期待与魔法使见面，却一次也未曾实现。

"虽说这事儿透着古怪，不过能够回来真是太好了。"

玛卡仓促地闯进店铺，朝柜台直奔而去。

魔法使正在店里，依然与那只猫待在一块儿。刚看见玛卡的身影，猫咪便迅速起身，消失在店铺里间。见此情形，玛卡毫不在意。

"咦，是你啊。发生什么事了吗？"

魔法使语气平和地问道。

玛卡看着他，内心毫无波澜。尽管她曾因一时冲动，格外盼望见到他，然而答应了丹的求婚后，在她看来，魔法使便和路边的小石子儿没有分别了。相比令人捉摸不透的魔法使，还是前途一片光明的精英青年更加可靠。

想到这里，玛卡连基本的问候都顾不上，匆匆说明来意。

"我和男朋友和好了，很快便要结婚。我们打算用照片布置婚礼会场，因此，快把那本相簿还给我，你听懂了吧？"

"嗯，当然明白。只要客人在十年内前来，随时可以取回自己寄存的物品，契约书上的确是这么规定的。"

魔法使立刻取了相簿过来。玛卡伸手夺过相簿，终于松了口气。这下可以放心了。

同时，她忽然想起一件事。

自己的寿命可以一块儿要回吗？

仔细想想，自己当初为十年的寄存期支付了一年的寿命，可事实上，她的相簿只在这里寄存了两个月。为了区区两个月，自己就得支付足足一年的寿命，这也太贵了吧。

玛卡舍不得已经支付掉的一年寿命，对魔法使说道："喂，我的寿命也可以还我吧？"

"您说什么？"

"我是说，希望你把我的寿命还给我。因为，这本相簿其实只寄存了两个月吧。如果是十年，那还比较划算，我可不想为区区两个月支付一年的寿命。无论怎么想，这个代价都太大了，所以把它还给我吧。"

"这个我办不到。"

"为什么啊？"

"关于这件事，签约前我应该解释得很清楚了。即便寄存期未满十年，已经支付的一年寿命恕不退还。"

"还有这种规定？我可从未听说！"

"……"

"再说，这么重要的条款，难道不应该在契约书里或店铺的墙壁上，用大字写得清清楚楚吗？可店里哪儿都没有这项条款吧！你这种做法，简直就是用魔法诓骗客人，专门订立对自己有利的条约，这是不折不扣的欺诈，是犯罪！倘若我现在报警，你可是会被警察逮捕的哦。"

"……"

"如果不想事情演变至此，就快点把寿命还给我！还给我啊，你这个欺诈师！"

倏然之间，魔法使换上了令人畏惧的冰冷表情。

"很好，既然您将话说到了这份儿上，我就把寿命还给您。"

魔法使的语气波澜不惊，他取出那本熟悉的黑色皮革手札，撕下其中的一页，上面还保留着玛卡的签名。

将它递给玛卡后，魔法使说："这便是我们当初签订的契约。只要撕毁它，我们之间的约定便算作废，您的寿命也会重新回到您体内……想必这么多年来，您始终都是这样的吧，恣意妄为、唯我独尊，但是，您的无理取闹迟早会反噬自身，与之相应的，您也会付出巨大的代价。"

"请你别再莫名其妙地嘴硬了好吗，听着就令人生厌。"玛卡从鼻腔中发出一声冷笑。

她一把抢过契约书，三两下撕得粉碎，然后故意将纸屑撒在地板上，留下一句"再见"，便扬长而去。

玛卡再次回到自己的房间。

"啊啊，这下轻松了！"

相簿已经取回。至于寿命，虽说闹了些不愉快，但她总算顺利将其讨了回来。一切都按自己的意愿在进行，为此，玛卡感到格外满足。

好极了，所有问题迎刃而解，再没什么可烦恼的。接下来，她只需要迎接自己的婚礼。想到这里，玛卡出神地盯着手指上的订婚戒指。

两个月很快过去，终于到了玛卡结婚的日子。这一天，天气晴朗，十分适合举办草坪婚礼。玛卡喜不自胜，还好当初包下这家占地面积颇广的花园餐厅。真的，所有细节无一处不完美。

"不过，最完美的当然要数我自己啦。"

说实话，玛卡穿着自己精心挑选的婚纱，整个人的确美得绚烂夺目，前来道贺的宾客们看见她，无不连声赞叹。

"真美啊，玛卡。"

"你简直就像真正的公主。我说，婚礼开始前，不如让在场所有人合影留念吧。"

"真是个好主意。喂，摄影师，过来一下，为我们拍张照片。"

玛卡被她的堂姐妹和朋友们簇拥着，一边和大家高声谈笑，一边对着镜头搔首弄姿。为了这场婚礼，她专程雇来一位职业摄影师，想必对方会把她拍得非常美。

"那么，要开拍喽。准备，笑一笑！"

咔嚓，摄影师按下快门，相机发出清脆的声响。

"这回咱们去那边漂亮的紫藤花架下拍吧？喂，玛……呀！！"

朋友转头看见玛卡的脸，突然扯着嗓子尖叫起来。

"你喊什么！别吓人啊，真是的！"

"玛……玛卡……你的脸……脸……"

"嗯？不会吧，我的妆花了？那可太糟糕了，谁借我镜子用用。"

"……"

"怎么了？快借给我啊！"

堂姐妹中的一人，颤抖着手将镜子递给玛卡。玛卡抢过镜子，往脸上照去。

一个呼吸的工夫后，玛卡爆发出绢帛撕裂般瘆人的惨叫。

听到她的叫声，待在新郎房间里、随时等候差遣的丹敏捷地冲了出来。

"怎么了，玛卡！你没事吧……哎？"

看见玛卡的瞬间，丹愣在原地。

上一刻还如花一般美好的二十二岁新娘，转眼便垂垂

54

老矣。她皮肤松弛，脸上布满皱纹与雀斑，原本油亮的黑发失去了光泽，夹杂着根根银丝，而那原本柳枝般的纤腰，以及灵活柔软的四肢则堆满赘肉，仿佛下一秒就要将婚纱撑破。

无论怎么看，她都如同老了几十岁。

"为什么！为什么会变成这样！讨厌，我不要这样！不要这样！！"

玛卡失控地放声大哭。由于事出突然，周围的宾客来不及做出任何反应，皆怔怔地站在原地，看着眼前的情景。

不一会儿，一位老妇走上前来。她满头银发，虽然驼着背，挂着拐杖，目光却锐利又严肃。这位老妇不是别人，正是丹的大姨母。

大姨母沉沉地开口道："这是诅咒呢。你啊，莫非做了什么惹魔法使生气的事情？"

"嗯？"

玛卡的脑海中立刻浮现起十年屋的身影，然而此刻，她只是一味地摇头，怎么可能因为那点小事，就受到这么严重的诅咒呢？

"那……那个……我只是……只是请他把我多支付的

报酬还回来而已。"

"把多支付的报酬还给你？也就是说，你打破了契约吧？瞧瞧你都做了什么蠢事！对魔法使而言，契约是无比神圣且尊贵之物，竟然被你打破，他当然会愤怒……不过，那位魔法使也算做了好事，多亏有他，我们才看清了你的真实性格。"

冷冷地说完这些话，大姨母重新转向丹，说道："丹，立刻终止这场婚礼。对你来说，这姑娘大约是无可取代的，你或许想着，哪怕如今她任性妄为，只要你用一颗真心去包容她，总有一天能让她改变。可惜，这姑娘是不可能变的。遇到事情，竟然不假思索地依赖魔法，甚至惹怒魔法使，和她在一起，你的人生只会变得不幸。"

玛卡气得浑身颤抖。眼下，她虽然失去了理智，但绝不允许任何人羞辱自己。

这个老太婆在那儿胡说八道什么呢！没关系，不就是老了几岁吗？丹才不会抛弃我。毕竟，除了我，丹也没有别的姑娘可以选了，他早就被我迷得神魂颠倒了。

"丹，你是爱我的吧？你最喜欢我了，对吗？"

玛卡用撒娇的语气固执地追问着，眸光楚楚可怜，宛如小狗。

丹立刻屈膝跪下，紧紧地抱住玛卡。

"唉……可怜的玛卡，不用担心。是哪个魔法使下的诅咒，你知道吗？我会去找他的，求他为你解除诅咒。"

"店铺叫十……十年屋……那个魔法使是那家店的老板……说起来，都怪你不好，要不是你忽然说想用那本相簿里的照片装饰会场，怎么可能发生这种事？一切都是你造成的。"

种种来自玛卡的意想不到的抱怨，令丹惊讶得全身发抖，原本搂住玛卡的双手也垂了下来。

"丹？"

"我……我一直以为，只要自己对你再宽容些就好了。倘若我们成为真正的家人……你或多或少会有所改变……我还真是傲慢呢，明明你的人生、你的性格，都只属于你自己。想要改变你，这个想法本身就是错误的。"

丹利落地起身，稍稍退后一步。

"……从今以后，希望玛卡顺应自己的心意而活。不过，我就不奉陪了。"

"丹，等……等一下！"

然而，丹已迅速转过身，毫不留恋地离去，一步也没有回头。

玛卡呆呆地愣在原地。

丹抛下自己离开了。他要去哪里？牧师即将宣读结婚誓词了啊，为什么？他到底打算去哪里？

玛卡茫然四顾。

周围的人们，包括玛卡的家人，全都用难以置信的目光居高临下地注视着玛卡，然后……

一个人，又一个人，大家纷纷像丹一样，头也不回地离去。

会场上只剩下玛卡一人。即便如此，她也不愿离开。

我没有做错任何事，对，我根本就没有错。都怪那个坏心眼的魔法使对我施加了诅咒。不过，没关系，丹一定会回到我身边的，会像童话里的王子一样再次回来拯救我。

她像鹦鹉似的不断重复着这些话，眼巴巴地等着、盼着。

可是，再也没有一个人回来迎接她。

3 约定的雪人

洛洛是一名九岁的小男孩。别看他稚气未脱，却也拥有一个小小的恋人。对方是住在隔壁公寓里的八岁小女孩，名叫香羽莉。香羽莉有着长长的睫毛与银铃般动听的嗓音，洛洛时常觉得，她一定是世上最可爱的女孩子。

　　但是，香羽莉体弱多病，无法去学校上课，因此常年在家庭教师的指导下学习。课业之余，她从不到户外做游戏，因为她的妈妈绝对不允许她外出。

　　于是，洛洛只能去香羽莉的家里找她玩耍。为了讨她欢心，洛洛每次造访她家，都会带些小礼物。比如，放学回家途中拾到的橡树果实、鸟儿的羽毛、外形奇特的小石子，以及从图书馆借来的绘本，等等。香羽莉格外喜爱这些东西。仅仅看着她的笑容，洛洛便感觉自己开心得要飘起来。

　　有一天，两人像往常一样坐在香羽莉的房间里，用橡树果实玩陀螺游戏。玩着玩着，香羽莉忽然望向窗外，随即叹了口气。

"冬天快来了。"

"你讨厌冬天吗？"

"嗯，因为大家都会到外面打雪仗，唯独我不能。爸爸和妈妈老跟我说，不可以玩雪。我真想亲手堆一个雪人啊。"香羽莉落寞地低下头。

洛洛心想，必须说点什么，让她打起精神来。他斟酌了一下，开口道："不如这样吧，要是今年冬天下了雪，我就堆一个大大的雪人。然后呢，我会把它搬到你家来。至于雪人的脸，就留给香羽莉亲手做吧。你可以用玻璃弹珠和纽扣，将它变成自己喜欢的样子。"

"真的？你这么说……倒让我有些期待冬天了呢。"

说完，香羽莉微微一笑。洛洛最喜欢的便是她的笑容，宛如春日里盛开的蒲公英。

很好，如此看来，自己得鼓足干劲，努力堆雪人。不过，难得有这么一个机会，普通雪人没什么新意，不如做得特别些。香羽莉喜欢猫咪，自己干脆为她做一只猫咪雪人吧。

洛洛一面思考着，一面期盼今年冬天快点落雪。

寒风日渐凛冽，树上残留的枯叶纷纷凋零，彻骨的冷意弥漫在空气里，清晨醒来，甚至能够看见霜柱。然后，某一天……

终于，天空纷纷扬扬地开始飘雪。这场等候已久的冬雪，不是细碎的颗粒，而是凝结着水汽的大片雪花。照这么下去，一定能够堆出好看的雪人。

由于恰巧是星期日，洛洛趁着天没亮便飞奔出家门。毕竟，其他孩子也迫不及待地想要打雪仗，倘若去晚了，昨晚新积的雪会被踩踏、蹂躏得不像样子的。在此之前，自己还是尽快去堆雪人比较好。

洛洛跑到离家不远的一片空地上。果然如他所料，这里的积雪非常厚实。更令他开心的是，这些雪洁白莹润，尚未被任何人踩踏。

"开始喽！"

洛洛气喘吁吁地开始堆雪人。首先，他抓起满满一捧雪，尽可能用力地将之揉成坚硬的雪团。雪团做成后，他将它放在地上滚了好几圈，渐渐地，雪团变作大大的雪球。

"要是做得太大，可不好带走呢。"

于是，眼看雪球变成合适的大小后，洛洛停了下来，

62

开始做另一颗稍小的雪球。接着，他将小雪球放在大雪球上，再将带来的水淋上去。天气寒冷，这些水很快便会冻结，可以说是最理想的胶水。

待两颗雪球紧紧地粘在一起，雪人便基本成形了。洛洛非常擅长画画和做手工，班上数他的胶泥玩得最好。有一年，他参加了镇上举办的儿童手工比赛，获得优胜奖。此刻的他也充分发挥自己的特长，动作灵巧地将雪人修整为猫咪的形状，并且为它配上两只尖尖的耳朵，用小勺雕刻猫咪的脸，很快刻出鼻梁和嘴巴。

花了一个多小时，洛洛总算做好了这只令自己颇为满意的"雪猫"。无论是谁，从任何角度看去，大约都会说："这是猫咪吧？做得很像呀。"稍后，只要再为它弄上胡须、嵌上眼睛，就大功告成了。不过，最后的这道工序，当然得留给香羽莉来完成。

洛洛轻轻地捧起雪猫，像怀抱一个婴儿般，小心翼翼地往回走。这只雪猫很沉，途中，洛洛不得不停下来好几回。尽管如此，雪猫一次也没有摔落在地。

过了一会儿，洛洛终于带着完好无损的雪猫，来到香羽莉家所在公寓的二楼。站在她家门口，洛洛大声喊道：

"香羽莉，我是洛洛。快开门呀，香羽莉！"

若在往常，她家立刻有人应声开门，有时是香羽莉，有时是她妈妈。

然而，这一天，无论洛洛怎么呼喊，都没有人来应门。他将耳朵凑在门上仔细聆听，家里静悄悄的，一片沉寂。

真奇怪啊，今天明明不是香羽莉去医院复诊的日子。

洛洛纳闷地歪着脑袋。

这时，房东出来打扫走廊，看见站在那里的洛洛，便主动告诉他："这家人已经出去了。"

"去哪儿了呀？"

"这个嘛，好像是夜里匆匆忙忙出去的。那家的小姑娘又犯病了，情况不大好，她爸爸用毛毯裹着她，送她去了医院。"

"……"

"放心放心，别这么愁眉不展嘛。你那可爱的小女朋友一定不会有事的，说不定很快就能出院，活蹦乱跳地回来啦。一直以来，不总是这样吗？"

被对方善意地取笑一番，洛洛禁不住有些气闷。

大人们总是这样。每当年幼的他说有喜欢的女孩子时，他们都会逗弄他，分明把他当成傻瓜。

尽管心烦意乱，洛洛仍旧礼貌地对房东道了谢，返回自己家里。他没有将雪猫带入自己的卧室，而是直接来到阳台。这里没有阳光直射，气温很低，雪猫应该不会融化。

之后他能做的，便是全心全意地等待香羽莉出院回家。虽说昨晚她的发病来得突然，可只要在医院乖乖打了针，香羽莉又会像以前一样，变得有精神了吧。因此，这回她应该也能很快回家。

由于担心错过香羽莉回家的时机，洛洛严阵以待地守在窗边，一边关注窗外的动静，一边玩着拼图游戏。

可是，他等了整整一天，也不见香羽莉或她的父母出现。望着夜幕降临的天空，洛洛心里升起不祥的预感。

难不成，香羽莉的状况比以前都要糟糕？

不幸的是，他的预感应验了。第二天过去了，第三天过去了，香羽莉始终没有回来。

这和往常根本就不一样。

洛洛心急如焚，每天都跑到香羽莉家门口走来走去。

见此情形，房东告诉了洛洛事情的来龙去脉。他说，洛洛去学校上课期间，香羽莉的妈妈回来过一趟。香羽莉的情况确实不太乐观，父母似乎决定让她接受手术。香羽莉的妈妈还说，整个冬天，香羽莉都得在医院里度过。

这个消息完全出乎洛洛的意料，他只觉眼前一阵发黑。真没想到，香羽莉的病情会这么严重。就在不久前，两人还在她的房间里无所顾忌地有说有笑。手术一定很疼吧？香羽莉受得住吗？真担心她会吓得哭鼻子啊。

洛洛的脑海里充斥着各种各样的不安。

接下来，洛洛听到一则更加令人担忧的消息。

当天晚上，全家人一块儿吃晚饭时，母亲若无其事地道："对了，今天听广播里说，明天天气就回暖了，春天来了呢，这雪也会一口气融化吧。"

"哦，那挺好呀。"

闻言，父亲欣喜地点头道。

"天气转暖倒是好事，不过雪融后，马路变得泥泞不堪，出门有点不方便哪。"

"看来，明天得穿长靴出门喽。"

洛洛正无精打采地戳着餐盘里的薯条，听见父母的对话，不由得大惊失色。

天气转暖？雪会融化？果真这样的话，我的雪猫怎么办？这些日子以来，多亏天气寒冷，雪猫才得以保存。若它融化一点点，自己就前功尽弃了。那可是他为了香羽莉才努力做出来的，融化之前，哪怕让她看上一眼也好。

洛洛焦躁不已。

既然如此，要不直接把雪猫带去医院吧？不行，医院太远了，雪猫绝对会在半途融化的。雪猫很重，道路又泥泞，走起来格外费力。倘若一路上自己动作慢吞吞的，雪猫很快就会化掉。洛洛很想将雪猫储存在某个地方，可它的尺寸根本不适合放进冰箱。唉，怎么办？他该怎么做才好呢！

洛洛心神不宁地吃完晚饭，来到阳台。空气依然冰凉，却不如昨日那般严寒。正如母亲所说，明日天气似乎真会转暖。

洛洛欲哭无泪地瞅着阳台一角的雪猫，突然吓了一跳。只见雪猫脑袋上，耳朵与耳朵的缝隙间夹着一张卡片。

这张卡片是深棕色的，两折式样，边缘用金色与绿色勾勒出常春藤的花纹。卡片上用银色墨水写着"致洛洛先生"的字样。

洛洛震惊不已，仔细看了好几遍，卡片上面的的确确写着"致洛洛先生"几个字。也就是说，这张卡片是寄给洛洛本人的。不过，它为什么会出现在雪猫的脑袋上？看起来就像被风吹来，刚好落在那里似的。

不可思议的趣事，令洛洛心跳加速。

这其中一定有什么特别的意义，我得瞧瞧卡片里写着什么。

下定决心后，洛洛撕掉卡片封口，像翻开书本一样打开了卡片。

刹那间，他被一股奇妙的香味笼罩，仿佛刚炒熟的杏仁或榛子散发出的香气。洛洛惊讶地发现，自己的身体被卡片上散发的金色光芒包裹着，本以为他会就这么被吸入整片光芒中，忽然，所有的光都消失了。

洛洛站在一个完全陌生的地方。

"怎……怎么回事？这里是哪里啊？"

洛洛战战兢兢地环顾四周，越看越觉得这地方透着古怪。此刻应当是夜晚，可天空既不昏暗，也非白昼般明亮，仅仅呈现一种朦胧的灰色。

不仅天空如此，街巷也一样，大约是四周飘荡着浓雾的关系吧。街上没有行人，两旁并立的建筑看起来暗沉沉的，周遭一片寂静。

唯有眼前的一座房子格外明亮，灯光从窗户里透出来。白色的门上有一扇圆窗，镶着彩绘玻璃，下面则挂着一块写着"营业中"字样的木牌。

洛洛心想，看来这是一家店铺。

而且，正是这家店铺将洛洛唤来此处。

"欢迎光临，我们已恭候客人多时了。"

洛洛依稀听见店内传来这样的声音。

他打算进去看看。不仅因为店内的那道召唤富有魅力，而且因为此刻他浑身发冷。虽然不清楚这是什么地方，可再这么留在外面，说不定会感冒。总之，现在他只想待在稍微温暖些的地方。

洛洛搓了搓双手，上前一步，推开店门。

店里堆满古旧的物品，有一些外观甚至残破不堪，然而散发出的气息却很奇特，仿佛在说这里的物品都是珍宝。

要是在这个地方玩探宝游戏，一定可以发掘出不少有意思的玩意儿。如果下次还有机会，真想带香羽莉来玩呢。

洛洛按捺住内心的激动，谨慎地穿过旧物间的空隙。

店铺深处有一位年轻男子，穿着与那张卡片一样的深棕色背心与长裤，脖子上系着白色与金色相间的精致领巾。

他有着蓬松的栗色头发，鼻梁上的银质细框眼镜令他整个人格外有气质。

乍一看，此人确是绅士无疑，然而他的行为着实奇怪。

洛洛难以置信地看着，眼前的这名男子竟然在吹肥皂泡。只见他表情严肃地叼着纤细的麦秆，噗的一声，吹出一个大大的肥皂泡。他身边的柜台上放着一册残破的绘本，而后，他伸手接住肥皂泡，将它摁在绘本上。

通常情况下，肥皂泡会啪地破裂开来，这个肥皂泡却完好无缺。不仅如此，它还发出极细微的噗的一声，把绘本吸入其中。

待绘本被整个儿吸入后，肥皂泡便悠悠地浮在半空。接着，男子在下面系上丝线，将它变作一个气球，喃喃自语般唱起歌来。

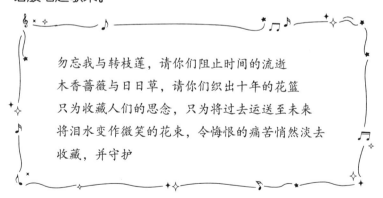

勿忘我与转枝莲，请你们阻止时间的流逝
木香蔷薇与日日草，请你们织出十年的花篮
只为收藏人们的思念，只为将过去运送至未来
将泪水变作微笑的花束，令悔恨的痛苦悄然淡去
收藏，并守护

歌声终了，男子再次叼着麦秆，继续吹肥皂泡。

柜台上摆放着几件别的物品，比如残缺的盘子、因氧化而变黑的银项链、脏兮兮的儿童皮鞋以及马鞍。男子似乎打算——为它们摁上肥皂泡，存入其间。至于他为何要这么做，洛洛毫无头绪。

不过，有一点洛洛是明白的。

这里并非寻常店铺，而这名男子也绝非常人。他正在操控的是——

"魔……魔法……"

洛洛不经意的嘟囔似乎传到了男子的耳朵里。男子朝洛洛转过身。

"哎呀哎呀，竟有客人造访。欢迎来到十年屋。"

"十……十年屋？"

"不错，它既是这间店铺的名字，也是大家对店主，也就是我的称呼。这位客人，您看起来都冻僵了，这可不大好。快到里间坐坐吧。眼下，我正巧有些事情急需处理，一时抽不开身。不如待您身体暖和了，我们再详细谈谈。卡拉西，快过来！"

"就来了。"

一道宛如孩童的声音在店内响起，紧接着，从里间走出一只猫咪。出人意料的是，它竟用两条腿走路，还穿着衣服。柔软蓬松的橘色皮毛搭配着黑色背心，以及与之无比相称的蝴蝶结。

只见这名自称"十年屋"的男子对猫咪说："带客人去会客室吧。记得在暖炉里生些火，还有，为他做点暖和的食物。"

"遵命，主人。"

猫咪对洛洛说了一声请，便带着他走进店铺更深处的一间小屋。嘱咐洛洛在沙发上坐下后，猫咪立刻为他拿来一床软和的毛毯，接着点燃暖炉里的柴火，用小风箱将炉火吹得更旺些。

猫咪一连串的行动，令洛洛佩服不已。

"真厉害，明明是一只猫咪，也太厉害了吧。"

"卡拉西担任本店的执事。此等小事，自然不在话下。"

尽管口吻谦逊，猫咪的脸上却难掩得意之色，开心得连胡须也一颤一颤的。

炉火熊熊燃烧起来后，卡拉西再次离开，不一会儿，它拎着食篮匆匆返回。篮子里放着一个大大的马克杯，以

及不少英式松饼。

"客人，请慢用。"

"谢谢。"

马克杯里满满地斟着红茶，闪烁着莹润的茜色光泽，而且放了一大勺草莓酱。红茶配草莓酱，这是洛洛最爱的喝法。

见状，洛洛不由得向卡拉西问道："为……为什么你知道我最喜欢的红茶口味？"

"无须费力即可知晓。我一看见客人您的脸，便能了解您的喜好。"

"咦，魔法使的宠物猫果真厉害哪。"

"卡拉西并非宠物猫，而是执事。每月均按时领薪水。"

说着，卡拉西骄傲地挺了挺胸脯。

洛洛感激地捧起马克杯，打算尝一尝红茶。放有草莓酱的红茶甘甜而温暖，喝下后，洛洛感觉身体立刻暖和起来，原本冻僵的指尖、脚尖以及鼻头，也迅速恢复了血液通畅。

待情绪平稳下来，洛洛捻起一块英式松饼送进嘴里。这道点心与红茶一样美味，里面夹着丰盛的水果干，每咬一口，各种滋味便在舌尖翩然跃动，有苹果干、葡萄干、无花果干等，其中隐约透出的朗姆酒香也很迷人。虽然洛洛刚用过晚饭，可是面对如此美味的点心，无论多少他都感觉吃得下。

眨眼之间，洛洛便吃完第二块松饼，刚伸手准备拿第三块时，男子走进了会客室。

看着洛洛的脸，男子微微一笑。

"太好了，您的脸色恢复了呢。方才看见您时，我差点儿以为店内出现了幽灵。这么寒冷的天，您竟专程到访，不知究竟为什么事烦恼？"

"为什么事烦恼……那个，我不太明白……就是发现了一张深棕色卡片，然后一打开，忽然就来到这里……"

"没错，那张卡片是本店向客人赠予的招待券，但凡有人希望将重要之物寄存在某处，本店的招待券皆会自动投递至他的住处。"

希望将重要之物寄存在某处。

听到这句话，洛洛一下子理解了。

原来是这么回事，难怪招待券会自动寄往他家，而他也得以进入这家店铺。可是，倘若听闻他想寄存的物品是雪人，男子大约会生气吧，嗯，一定会生气的。又或许，他会语气冷淡地一口回绝："那种玩意儿可没法寄存。"

想到此，洛洛战战兢兢地道："我想寄存的物品，不过是一个雪……雪人。"

"无论冰雪，还是烟火，没有本店无法寄存的物品。"

"还有……我没什么钱。"

"没关系。本店无须支付现金。希望收取的酬金，是客人的时间。"

"时间？"

"具体说来，是指寿命。啊，不过无须介怀，本店所要收取的只是一年寿命。而且，据我观察，您的生命将会很长很长。"

男子微笑着道。见此情形，洛洛不由得打了一个寒战，更加清楚地意识到，这男子果真是一名魔法使。

从前，爷爷告诉过他，魔法使拥有神奇的力量，普通人只要祈求他们，就能获得帮助，当然也需要支付一定数目的酬劳。而魔法使为此使用了多少魔法，便一定会收取多少报酬。因此，倘若没有付出代价的决心，千万别随意寻求他们的帮助。

洛洛浑身发抖，又喝了一口红茶。甘甜的红茶稍稍安抚了他的心。

"……我，会活很久吗？"

"是的，只要您不卷入意外事件，大约能活到八十三岁吧。"

八十三岁。

假如支付给魔法使一年的寿命，那么自己还能活到八十二岁，这么算起来，的确很长寿。

尽管如此，洛洛仍旧感觉支付寿命是一件可怕的事。即便只是一年，魔法使也会从自己身上夺走某些东西，这令洛洛不寒而栗。

嗒、嗒、嗒，耳朵里响起阵阵激烈的耳鸣。

还是放弃吧。不如重新做一个雪人送给香羽莉。只要下雪，随时都能做，不是吗？

这时，香羽莉的脸浮现在洛洛的脑海中。当自己说要为她做一个雪人时，香羽莉看起来格外开心。要是她出院回家，看见他做的雪人，不知会有多高兴。没错，果然非得送她那只雪猫不可。眼下还不晓得今年会不会再次落雪，最重要的是，那只雪猫真的做得非常可爱，洛洛无法断言自己能做出另一只不亚于它的雪猫。

终于，洛洛下定了决心。

"我打算寄存。"

"也就是说，您准备支付寿命？"

"嗯。"

"感谢惠顾。我所操控的时间魔法，上限为十年。因此，本店至多能为客人的物品提供十年寄存期。当然，十年以内，您可以在任何时候取回物品。不过，无论寄存期限多么短暂，预先支付的寿命都无法返还。这一点，还请客人铭记于心。"

男子一边说着，一边伸手指向墙壁。只见墙上贴着一张洁白的油画布，上面写有一行醒目的大字——您的时间，一旦支付，恕不退还。

"没问题吧？您确实能够接受这一点吗？"

见十年屋异常谨慎地询问自己，洛洛重重地点了点头。

不管怎么说，自己绝不可能将雪猫寄放在店里那么长时间。

只要香羽莉出院回家，洛洛便打算立刻取回雪猫，将之作为礼物送给她。因此，他对寄存期限或是支付的寿命长短毫无怨言。

洛洛心里的想法似乎传达给了十年屋，后者如释重负般点点头。

"那么，您希望寄存的物品，是那只雪猫没错吧？"

洛洛惊异地往一旁看去，不知何时，他做的那只雪猫竟然出现在身边。他记得它应该是被放在自家阳台上的才对。

洛洛目瞪口呆，一旁的十年屋却再次了然地点头。

"原来如此。这只雪猫做得很棒，不过就这样放着不管的话，它会融化的。我先为它施加保存魔法吧。"

十年屋从衣兜里掏出麦秆，呼地吹了一口气。刹那间，麦秆一端飞出一个彩虹色的肥皂泡。眼看肥皂泡越来越大，却毫无破裂的迹象。

待肥皂泡变作能够容纳雪猫的大小后，十年屋轻轻戳了戳它，它立刻贴在雪猫身上。

咻！

眨眼之间，肥皂泡便将雪猫吸入，悠悠地飘浮在半空。

十年屋抓住肥皂泡，在它的底部系上银色丝线，唱起方才的歌谣：

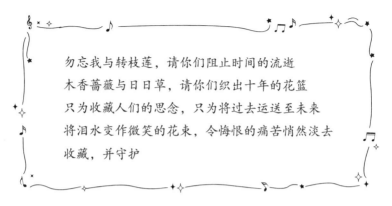

勿忘我与转枝莲，请你们阻止时间的流逝

木香蔷薇与日日草，请你们织出十年的花篮

只为收藏人们的思念，只为将过去送运至未来

将泪水变作微笑的花束，令悔恨的痛苦悄然淡去

收藏，并守护

就这样，装有雪猫的肥皂泡气球做成了。

"好了，大功告成。用这样的方法保存雪猫的话，它既不会融化也不会损坏。您对此满意吗？"

"嗯，谢谢你。"

"不客气。那么，现在让我们签订契约吧。"

接下来，洛洛便按十年屋所言，在黑色皮革手札上签下自己的名字。

"很好，契约从此生效。必要的手续已全部完成，时间不早，您也该回家了，让我送您到店门口吧。卡拉西，客人要离开了。"

"收到，主人，我立刻就来。"

在魔法使与猫咪的目送下，洛洛走出店门。

下一秒，他已回到自家的阳台。原本放着雪猫的角落，此刻只余一片隐约的水渍，除此之外，什么也没有。

洛洛长长地呼出一口气，感到不可思议，但，总算了却一桩心事。虽说付出了一年寿命，但他一点也不感到后悔，这下再也无须为香羽莉何时出院而提心吊胆了。当然，洛洛希望她能够尽快康复，回归正常的生活。

洛洛一边想着，一边走进自己的卧室。

然而，事情的发展着实出人意料。

香羽莉再也没有回到隔壁公寓。手术成功后，在医生的建议下，她直接随父母搬去了空气清新的乡下。

不久之后，一封书信从香羽莉的新家寄到洛洛手里。

香羽莉在信中写道：我想见洛洛，一个人太孤单了。

洛洛很快给她寄去回信。

信上说：我也很孤单，不过你要打起精神哟，等学校放了假，我便去看你。

从这天开始，两人便经常以书信交流。

然而，见面的日子始终不曾到来。

第一个假期来临时，洛洛的某位亲戚突遭意外，以致他没能如约前往香羽莉的新家。

紧接着的暑假，香羽莉的父母寄来一封信，称"香羽莉病情再次恶化，家里暂时无法接待客人"。

从那以后，接二连三的意外导致两人的见面计划迟迟无法实现。

每一次，洛洛都感到无比失望，香羽莉也同他一样。两人依旧坚持书信往来，字里行间却萦绕着悲伤。而香羽莉的身体时好时坏，未曾彻底康复。

为了鼓励香羽莉，洛洛比以往更加勤奋地写信。有时他会寄去用一截树枝或果实做成的小玩意儿，有时则用小刀将木头雕刻成少女模样的人偶送给她。每每香羽莉在回信中说"我很开心"，洛洛便喜不自胜，铆足了劲，打算为她做出更好更新颖的礼物。

就这样，洛洛的技艺日渐娴熟。不久后他发现，虽说这些手工艺品最初是为香羽莉而做的，但自己确实非常热爱做手工。

十四岁那年，洛洛决定了。

"我要成为一名艺术家，要成为一名雕刻家。"

对此，香羽莉在信中温柔地回复："这个理想很棒呢，你为自己定下的目标非常有意义，加油。"

在香羽莉的鼓励下，洛洛朝着自己的梦想迈进，更加勤奋地制作手工艺品。学校老师也很支持，对他说："做出好的作品后，记得试着去参加各种比赛。"

而后，十九岁这年，洛洛终于在某次大型比赛中获胜，消息登上了报纸。这件事为洛洛带来了转机，一位知名雕刻家看到消息，表示"希望收他为弟子"。洛洛心想，假如拜入这位老师门下，自己一定能够迅速成长。这是一次千载难逢的好机会。

不过有一个问题。这位雕刻家住在国外，倘若成为他的弟子，自己至少需要在国外待好几年，与香羽莉之间的距离也就愈发遥远了。

于是，洛洛给香羽莉写去一封信。

"出发之前，希望见你一次。下周末去你那边，可以吗？"

香羽莉立刻回信道："我等你。"

"就这么办。"

洛洛重重地点头，凝视着书桌上镶有香羽莉照片的相框。这是两个月前，香羽莉寄给他的。

年满十八岁的香羽莉，早已出落为一名亭亭玉立的少女。不过，她的眸子仍旧一如往昔。

看见这张照片的瞬间，洛洛便在心里做下一个决定。为此，在出发之前，他无论如何都想见见香羽莉。原因无他，有件东西必须亲手交给她。

然而，一旦真正站在香羽莉面前，自己有勇气将它送给她吗？两人虽是青梅竹马，却有十年未见了。一想到见面的场景，洛洛便紧张得心跳加速，掌心冒汗。

就在他感觉忐忑不安时——

忽然，房间里拂过一阵风，啪的一声，相框倒在书桌上。洛洛急忙伸手扶起相框，下一秒却目瞪口呆。相框下压着一张卡片，而直到方才为止，这张卡片绝对不曾出现在书桌上。

深棕色的卡片上，用金色与绿色勾勒出常春藤的花纹。洛洛总觉得它看上去有些眼熟，不，岂止是眼熟。

十年屋！这是那位魔法使寄来的信件！

"真不敢相信……"

多年以来，自己居然已将那件不可思议的往事抛到九霄云外了。

洛洛扶了扶额，翻到卡片背面，只见上面写着行云流水般的几行字：

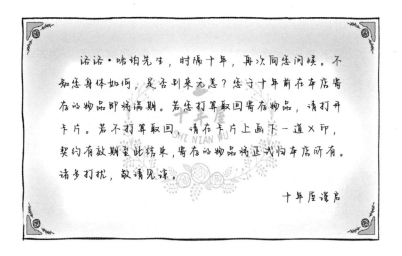

诺诺·哈帕先生，时隔十年，再次向您问候。不知您身体如何，是否别来无恙？您于十年前在本店寄存的物品即将满期。若您打算取回寄存物品，请打开卡片。若不打算取回，请在卡片上画下一道×印，契约有效期就此结束，寄存的物品将正式归本店所有。诸多打扰，敬请见谅。

十年屋谨启

"对啊，原来已经过去十年了……"

这下，洛洛总算忆起自己当初寄存在十年屋的物品——那只雪猫。它是九岁的自己拼尽全力完成的得意之作。雪猫脸庞的形状、身体的尺寸，乃至耳朵的角度至今仍历历在目。不过，那时候在他眼中完美无缺的杰作，如今看来一定有许多不足之处吧，想到此，洛洛不由得苦笑。

与魔法使签订契约时的焦虑与紧张之感，渐次在洛洛心底复苏。那一日，自己竭尽全力的模样，真是令人怀念。

不知香羽莉看见雪猫，又会露出怎样的表情呢？假如告诉她，这只雪猫是自己在十年前完成的，是两人之间的约定，香羽莉一定会非常开心吧？

可是……

眼下自己对她的感情，已与十年前截然不同。倘若要送她，他更希望另做一件包含着当前心情的礼物。

"如此看来……那只雪猫果然没什么用了。"

一丝落寞的情绪在心底转瞬即逝，洛洛用笔在卡片上画下一道 × 印。

眨眼之间，卡片迅速缩小，化作细碎的颗粒消失不见。

契约终止了。那只雪猫再也不会回到洛洛身边。然而，洛洛觉得这样便很好。

与此同时，他的脑海中闪过一道灵光。

"想到了！"

洛洛慌忙从壁橱里取出一块冰晶石。

冰晶石一如它的名字，是一种硬度与冰相差无几的水晶。价格便宜，外表犹如玻璃般澄澈，雕刻起来十分容易。对于尚未出师的雕刻家而言，是经常用来练手的材料。

洛洛拿起刻刀，动作麻利地开始雕刻，全神贯注地将手里的冰晶石变作自己想象中的模样。

花了半日时间，作品完成了。他雕了一只猫咪，高约三十厘米，两条后腿支撑起整个身体，脖子上系着蝴蝶结，穿着西装背心。它神态自若地伸出前爪，递来一个茶杯。

洛洛在这个透明的茶杯中放入一枚银色的戒指。戒指上镶嵌着香羽莉的幸运石——紫水晶。上次大赛获胜后，洛洛用奖金买下了这枚戒指。虽说也不是没有勇气直接将戒指交给香羽莉，可是洛洛觉得，把它作为礼物，连同自己的雕刻品一块儿送给她，将更加富有意义。

而且，他连临别赠言也已想好：

"从前，我说好要做一个雪人送你，还记得吗？待我学艺归来，一定会为你做一个。从今往后，我都会一直为你做雪人，因此请不要将这个权利交给其他人。希望你能等我回来。"

洛洛暗暗决定，见到香羽莉的那天，自己便这样对她说。

4

懊悔的戒指

一名小女孩孤零零地站在雾霭弥漫的街巷中。她只身一人，脸色苍白，在原地站了许久，右手握得紧紧的，固执地不肯松开。

就在这时，女孩眼前的店门忽然打开，一位系着淡蓝色领巾的年轻男子从店铺里走了出来。

男子对女孩笑道："欢迎光临，这位客人，请来店里坐坐吧。"

女孩被他温和的声音吸引，忐忑不安地走进店铺。

"……天哪！"

"店里乱糟糟的，真抱歉。不过，里面还有一间会客室，我们可以在那里好好聊聊。我家执事正在为您准备饮料与甜点，请您直走进入，在会客室等待。"

按照男子所说，女孩穿过堆满杂物的凌乱房间，来到店铺深处的会客室。这个房间看上去整洁许多，摆设着桌

子与沙发，桌上的杯子中盛着满满的热牛奶，一旁配有撒着大量砂糖的果冻。

"来，请先尝尝热牛奶吧，喝下去身体会感觉非常舒服的。"

女孩依言尝了一口热牛奶，苍白的脸颊立刻恢复了红润。

"真好喝……"

"喜欢的话，也请试试这边的果冻。"

在男子的建议下，女孩开心地拿起果冻。水滴状的果冻宛如一颗红艳艳的宝石，表面的一层砂糖闪闪发光。

女孩大口大口地吃着，不由得喜笑颜开。

"太好吃了，是草莓味的！"

"能合您的口味，真是再好不过。这是我家执事亲手做的。您不妨边吃边告诉我，究竟带了什么东西来到十年屋呢？"

听到这话，女孩的神情瞬间有些僵硬，随即松开了右手。

在她的掌心，躺着一枚小小的金戒指。

忒娅今年六岁，是一个非常喜欢可爱玩意儿与漂亮衣服、毛茸茸玩偶的女孩。

她的朋友名叫拉拉，一年前搬进了街对面的房子里。拉拉与忒娅同岁，也格外偏爱那些精巧的小玩意儿。

看见拉拉的第一眼，忒娅就感觉，自己一定能够和她成为好朋友。

与此同时，她也萌生出一种奇怪的好胜心，那便是"绝对不能输给拉拉"。

巧的是，拉拉的想法与她一模一样。

两人很快变得十分亲密，却也开始暗暗竞争，比如，相互攀比衣服、鞋子、发辫上的丝带以及玩具，等等。一旦对方拥有的东西比自己的更漂亮，心里便会异常不甘。

某日，忒娅发现拉拉特别羡慕自己随身携带的可爱手帕，为此开心了整整一天。然而，第二天，拉拉就带着新买的人偶来到忒娅面前炫耀，忒娅为此嫉妒得发狂。

要拥有比拉拉更棒的东西，要让拉拉对自己艳羡不已。

渐渐地，忒娅的脑子里只剩下这个念头。

怀着这样的心情，忒娅度过了一天又一天。又有一日，姨母来家里做客。由于许久不见，姨母送给了忒娅一件礼物。

"可爱的小姑娘就该打扮得漂漂亮亮的。"

说着，姨母将一条手链递给忒娅。纤细的银色手链上，缀着以景泰蓝工艺制成的小小水果，其中有鲜红的苹果、紫色的葡萄、粉色的蜜桃，以及太阳般的橘子。

这是一条多么可爱的手链啊！

忒娅开心极了，脸蛋红扑扑的，二话不说便戴上手链。大小正合适，简直就像为她量身定做的一般。她晃了晃手腕，小小的水果撞击在银链上，发出清脆悦耳的声响，犹如铃铛。

见忒娅入迷地凝视着手链，姨母对她说："这条手链呀，是外婆送给姨母的。那时候姨母的年纪很小，在往后很长很长的日子里，姨母都非常喜欢它，因此，希望忒娅也能好好爱惜这条手链。"

"当然啦，姨母，我会非常非常爱惜它的。这是我的宝贝，我一定不会弄丢的！"

忒娅笑眯眯地保证道，心里自然而然地想到了拉拉。明天自己就把这条手链给她看，不知她会露出怎样的表情呢，忒娅不禁期待万分。

第二天，忒娅来到拉拉家的庭院。院子里有一座可爱的小房子，是拉拉的父亲亲自搭建的，外墙刷着白色与粉色的油漆。这里便是拉拉与忒娅的游乐场。

拉拉已经摆好过家家的玩具，等待忒娅的到来。

"呀，忒娅。早上好。"

"早上好。喂，拉拉，快看快看，我得到了这个宝贝哟。"

忒娅向拉拉伸出手，迫不及待地炫耀自己的手链。看见拉拉眼中闪烁着嫉妒艳羡的光芒，忒娅只觉心中舒畅极了。

为了进一步激发拉拉的羡慕之情，忒娅喋喋不休地自夸道："姨母告诉我，这条手链是外婆送给她的，还说，觉得它格外适合我，因此特意将它作为礼物送给我呢。怎么样，很漂亮吧？"

谁知，拉拉闻言，立刻露出逞强般的不屑神情，反驳道："也就是说，它很旧了吧？而且，还是你外婆送给你姨母，你姨母再送给你的。这种东西怎么称得上是礼物呢？"

"才……才不是这么回事！因为，它是一百年前传下来的宝贝，是从前那些王妃呀公主戴的，后来，姨母觉得它很适合我，才送给我的！"

　　仓促之下，忒娅只好撒了一个谎。闻言，拉拉放声大笑起来。

　　"嗯，古老的宝贝，挺好的嘛。不过，我果然还是喜欢新的东西。你看，这是昨天爷爷来我家做客时送给我的。"

　　说着，拉拉从衣兜里掏出一条项链。

　　看见项链，忒娅屏住了呼吸。

　　稍短的金色链子一端，缀着一枚金色的戒指。戒指格外小巧，显得越发可爱，仿佛精灵佩戴的首饰。上面镶嵌着石榴红的宝石，日光下反射出赤色与葡萄紫的光泽，犹如一滴红葡萄酒。

　　"别看它小，却是真正的宝石哟，而且是我的幸运石，叫作石榴石。爷爷说，这枚戒指是他特意拜托手艺最好的工匠为我制作的，希望它能守护我。很厉害吧？"拉拉当着忒娅的面，炫耀般戴上项链，轻蔑地看着忒娅的银色手链，"再说了，我的项链是用黄金打造的，你知道吗？金子比银子更值钱呢。"

　　忒娅不由得怒火中烧，却无法说出反驳的话来。此刻，她备受打击。

　　拉拉的话仿佛黏糊糊的污垢，覆盖在忒娅的心上。最糟糕的是，忒娅对她的说法十分认同。

在忒娅看来，原本珍贵的手链就像褪了色一般。姨母使用过的手链，简直太古老了。唉，真讨厌，为什么我家就没有一个会送我闪闪发光的新项链的爷爷呢？

仿佛故意要惹忒娅不快似的，拉拉每天都戴着那条项链，偏偏还时不时摆弄项链上的戒指，冲忒娅炫耀。看着她得意扬扬的神情，忒娅感觉自己好像被灌下了一杯苦涩的药汁。

对比起来，自己腕上戴着的这条古旧手链也太丢脸了。忒娅取下手链，束之高阁，转眼便将这件事忘得一干二净。

究竟要怎么做，才能撕破拉拉那张得意的面孔呢？

每天，忒娅都绞尽脑汁地思考着。

如此痛苦的日子持续了两个礼拜。

然后，一桩意外发生了。

这一日，天气格外晴朗，阳光和煦，空气仿佛也暖融融的。女孩们在庭院里玩捉鬼游戏。

"看，我抓住你了！这次轮到拉拉当鬼啦。"

忒娅立刻从变成"鬼"的拉拉身边逃之夭夭。

然而，她等了许久，也不见拉拉追上来。她回过头一看，拉拉正脸色苍白地四处寻找着什么。

"拉拉，你在干吗呀？轮到你做鬼了呀。"

"忒……忒娅，不见了！我的项链和戒指都不见了！"

"啊？"

拉拉泫然欲泣地告诉忒娅，那条项链不知什么时候从脖子上滑落不见了。

"拜托了，忒娅，陪我一块儿找找吧，找找好不好？"

"我明白了。别担心，一定是落在这个院子里了，绝对能找到的。"

然而，庭院中覆盖着大片绿油油的草坪。姑且不说项链，单单那样一枚小小的戒指，除非运气足够好，否则很难找到。

然而，忒娅的确拥有足够的好运气。

没错，忒娅找到了那枚戒指。小小的戒指虽被埋在绿草之下，却依然闪烁着光辉。

她正欲高声对拉拉喊"找到喽"，忽然，一个阴暗的想法从心底涌现——"要把这枚戒指据为己有"。

说实话，一直以来，忒娅都羡慕着拉拉，也憎恶这枚小巧晶亮的戒指。尽管如此，她仍旧渴望得到它。

拉拉不能拥有这枚戒指。就是因为有了它，拉拉才变得趾高气扬。它……应该属于我。

忒娅紧张地咽了一口口水，悄悄朝拉拉看去。拉拉匍匐在地，拼命在草丛中寻找着。

若是现在，拉拉一定不会察觉。要做的话，现在正是时候！

忒娅用指尖捻起戒指，迅速将它塞进自己的衣兜里。

之后，她带着若无其事的表情，继续假装寻找戒指，甚至面带担忧地鼓励、安慰着拉拉。

没过多久，拉拉再也忍不住，终于哭出声来。听闻女儿的哭声，拉拉的母亲从屋里走了出来。了解事情原委后，母亲责怪道："所以我才说，玩耍的时候不要戴着项链嘛。"

被责骂的拉拉哭得上气不接下气，看着这样的好友，忒娅心里隐隐作痛。不过，她不打算理会这种心情，甚至觉得是好事，因为她实在不想把戒指还给拉拉。她将手放在衣兜里，死命地握住戒指。汗水让掌心变得滑腻腻的，不大舒服，即便如此，她也不愿松手。

"明天我还会陪你一块儿找的。"

和拉拉约好后，忒娅慌忙回家去了。

回到自己的卧室，她立刻开始思考应该将戒指放在哪里。得藏在一个绝对不会被找到的地方。那地方不仅拉拉发现不了，而且自己的家人也找不到。

最初，她将戒指夹在书里，转念一想，又把它放到房间内装饰物的下面。不行，这里也不太好。最后，她将戒指放进装满玻璃珠的小瓶里。眨眼之间，小小的戒指便被玻璃珠淹没，再也看不见了。

这样就好，这样应该不会被发现了。

然而，哪怕已经得到期盼已久的戒指，忒娅也没有自己预想中的那么开心，反倒觉得胸口有针在扎似的，惶惶不安。

这是我偷来的，是我从拉拉那里偷来的。怎么办？外婆曾告诉她，小偷会被恶魔吃掉的。不不，我没有偷，只不过捡到了它而已。对，我只是捡到了它，恶魔才不会因此而吃掉我。

忒娅努力说服自己，当天晚上却噩梦连连。

第二天，忒娅去找拉拉。

拉拉仍在庭院中寻找项链与戒指。她双眼红肿，大约哭了一整晚。想到这里，忒娅觉得胸口再次难受起来。

"啊，忒娅……"

"早上好，拉拉。"

忒娅故作开朗地对拉拉打招呼。

"找到戒指了吗？"

"还没……项链已经找到了，戒指……可能没希望了吧。说不定根本不是在院子里弄丢的。昨晚，妈妈和爸爸狠狠地训斥了我一顿，说那是很珍贵的礼物，却被我弄丢了……"

"没关系，一定可以找到的。我来帮你。"

"……谢谢。忒娅，你真善良。"

闻言，忒娅垂下目光，心想，才不是这样呢。

她怎么也没想到，弄丢了戒指，拉拉竟会露出如此悲伤的神情。早知事情会演变至此，自己就不该偷走那枚戒指，应该在找到的时候，立刻把它还给拉拉。

接下来的几日，忒娅都在懊悔中度过。

可是，现在还给拉拉，已经太迟了。假如自己说出真相，拉拉会有什么反应？她大约会发很大的脾气，与自己绝交吧？或许还会到处散播"那个忒娅是小偷"的流言，如此一来，大家都不会和忒娅做朋友了。

想着想着，忒娅更加不愿将戒指还给拉拉。她已失去了勇气。

然而，就这样一直留着戒指也不是办法。由于那枚戒指，她每晚都会做噩梦，成天提心吊胆，生怕戒指被别人发现。

忒娅感觉，自己的生活仿佛被那枚偷来的戒指所支配。为了从中逃离，她绞尽脑汁地思考着。

某天，她终于想到一个办法。

对了，那条手链。尽管拉拉说起它时语气轻蔑，内心却还是很渴望得到它的。不如将它送给拉拉吧。虽然无法归还戒指，但如果把手链送给她作为补偿，或许自己心里的难受也会随之消散。收到手链，拉拉应该很开心，说不定便不会继续寻找戒指了。

忒娅开始寻找被自己束之高阁的手链。当时她与姨母约定，会好好珍惜它，不过，假如告诉姨母，自己是为了安慰情绪低落的好友，才将手链相赠，姨母肯定会原谅自己吧，说不定还会夸赞忒娅是个心地善良的好孩子，或许下一次过来做客时，她会送给忒娅其他漂亮的礼物。

忒娅在心底抱着些许期待，打开了收藏宝物的曲奇罐。

然而，里面根本没有手链。

"那天确实是把手链放在这里的……唔，再找找那边的小盒子吧。"

可惜，小盒里也不见手链的影子。

忒娅努力地寻找着，然而，她找遍屋子的每一个角落，都没有看见那条手链。

忒娅的脑海一片空白。

不见了。她把手链弄丢了。这种事情本不应该发生的才对。

等她回过神，眼泪已经涌出眼眶。她想，这或许是报应吧。自己从拉拉那里偷走了戒指，于是神明惩罚了她，从她这里夺走了手链。忒娅只能做出这样的解释。

可是，唉，事情为何会演变至此呢？不过，忒娅依然不打算把戒指还给拉拉。

她没有归还的勇气，并且为这样懦弱的自己感到难为情，感到丢脸，只能抽抽搭搭地哭泣。

"对不起，对不起。"

就在她不停地喃喃自语时——

忽然，啪嗒一声，一只瓶子从书柜上掉下来，是那只藏着戒指、装有玻璃珠的瓶子。它落在地板上，虽然没有摔坏，瓶盖却松开了，里面的玻璃珠旋即滚落一地，那枚镶嵌着石榴石的戒指混在其中，闪闪发光。此时看见它，忒娅只觉厌恶不已，它象征着自己犯下的罪过。

忒娅拨开玻璃珠，拾起那枚戒指，瞬间吓了一跳。玻璃珠下面压着一张她从未见过的卡片。

深色的卡片上，以金色的墨水写着什么。忒娅年纪太小，那些字都不认识，但不知为什么，心中却隐约有些明白。这张卡片是寄给自己的，无论如何，她都得打开卡片瞧瞧。

于是，她紧紧握着戒指，打开了这张两折式样的卡片。刹那间，一道光束夹杂着扑鼻的芬芳包裹了她的身体，下一刻，她已经站在一条神奇陌生的街巷中……

说明事情的来龙去脉后，忒娅凝视着眼前的男子。隔着镜片看去，男子琥珀色的眼眸闪烁着温柔的光芒。看起来，他并无斥责或轻视忒娅的意思。对此，忒娅心里充满感激。

"原来如此，也就是说，当时的一念之差促使你做出这些事，随之而来的负罪感变成了极大的心理负担，几乎将你的精神压垮。"

忒娅点了点头。

"我感到难过，非常难过……本想把一切如实讲出去，却又害怕……"

"我明白，所谓懊悔，就是这么回事。你想放弃这枚戒指吧？不能再将它留在身边了，是这样想的吗？"

"嗯，绝对不能。但是，也不愿意扔掉它。"

"请放心，十年屋正是为此而存在的。"

说着，这名不可思议的男子对忒娅提出了一项不可思议的交易。以忒娅一年的寿命为报酬，她可以将这枚戒指寄存在店里。不止如此，就连忒娅偷取戒指的罪恶感，也能一并寄存。

忒娅瞪大眼睛。

"可……可以办到吗，这种事情？"

"可以。这里可是魔法使的店铺呢。"

男子透过镜片看向了忒娅，仿佛在问她：您打算怎么做呢？

"要将您所背负的重担，全部寄存在这里吗？当然，我不会勉强您做任何决定。倘若您认为以一年寿命为代价太过昂贵，想要立刻离开本店，也完全没有问题。"

如果离开的话，会怎么样呢？自己将继续背负这枚戒指以及拉拉的事所带来的痛苦吗？虽说是自作自受，但忒娅还是希望做些什么。因为惧怕事情暴露而成天提心吊胆地过日子，她已经受够了。

最终，忒娅点头同意了。于是，男子递给她一本黑色的皮革手札，说："请在这里签名。"

"那个，我……还不会写字。"

"那么，按一个手印就行。喏，用拇指蘸一蘸这边的墨水，然后摁在这个地方。"

按照男子的指示，忒娅用拇指蘸了些银色墨水，重重地在契约书上摁下手印。

那个瞬间，忒娅只觉有什么东西从体内剥离。她知道，那意味着自己的寿命已被夺走。尽管感到害怕，不过能将戒指交给男子保管，她已如释重负。

今后总算可以安心了。自己的选择果然是正确的。

忒娅心满意足地走出店铺，然后……

她在自己的房间回过神来。

"咦，我刚才究竟做了什么啊？"

她歪着脑袋思索，接着想起了"所有"。

啊，是这么回事。忒娅发现姨母送给自己的手链不见了，于是哭了起来。而这条手链，她原本是打算将它送给拉拉的。虽然非常可惜，但也没有办法。不要紧，说不定某一天手链会忽然自己出现呢。比起那些，眼下还是陪拉拉一块儿寻找戒指吧，一定得帮她找到才行。

忒娅冲出家门，跑去拉拉家。至于她偷走戒指、将戒指寄存在那家不可思议的店铺中的事，已被魔法使从她的记忆中抹除殆尽。

从那天开始，忒娅每天都陪着拉拉在庭院的草坪上搜寻戒指。一周过去，拉拉终于放弃了寻找。不过，对始终陪在自己身边、帮着一块儿找寻戒指的忒娅，拉拉满怀感激。

"谢谢你，忒娅。你真是我的好朋友，我可太喜欢你啦。"

"我也很喜欢你，拉拉。"

自那以后，忒娅和拉拉不再相互攀比。两人都觉得，执迷于这种事情的自己十分幼稚。她们变得比从前更加要好，而这份友情也维持了许多年。

然而……

十年后的某一天，忒娅忽然记起了一切。因为，一张深棕色的卡片被寄到她的手边。

这张署名十年屋的卡片上，承载着忒娅所有尘封的记忆。

当她收下卡片的瞬间，封印也同时解开。

首先从心底涌现的情绪是，曾经的自己真是个无比傻气的姑娘。

如今，十六岁的她已经懂得，那枚戒指不过是儿时的玩具，指环本身并非以纯金打造，镶嵌的"石榴石"大约只是玻璃吧。然而，自己竟对这样一枚戒指艳羡不已，并为此烦闷许久，甚至将它偷了过来，又被罪恶感折磨得痛苦至极。

忒娅一时有些怜悯从前的自己，那是多么天真，又多么愚蠢的小姑娘啊。

再说，即便不将戒指寄存在十年屋，她也有的是机会将之若无其事地归还。"啊，原来在这里呢！找到了哦！"自己完全可以借故这么说，再乘机将戒指还给拉拉，事情便圆满解决了。

"结果为此支付了一年的寿命，真浪费呢。"

忒娅苦笑着说。

总之，还是先把戒指取回来吧，必须把它还给拉拉。不过，关于偷取戒指这件事，就略过不提吧，随便找个借口搪塞过去就好。

"告诉你一件事哦，今天翻开你很早以前送我的绘本，有个小东西忽然从里面掉了出来，你猜是什么？看，就是这个。戒指！还记得吗？以前弄丢它的时候，我俩还找了很久呢。没想到夹在绘本里了，难怪我们翻遍庭院，也没能找到呢。"

忒娅一边思索，一边打开卡片。神奇的魔法包裹着她的身体，令她激动得心脏扑通直跳。上次打开卡片后，她完全不明白发生了什么，更没机会好好感受这一切。

不一会儿，她再次伫立在熟悉的小巷里，四周弥漫着沉沉雾霭。

"对对，就是这里……那么，那扇白色店门的建筑便是十年屋了吧。说起来，那天品尝的果冻真的很好吃呢。"

白色店门上镶嵌着饰有勿忘草图案的彩绘圆窗，忒娅坚定地推开店门，店里堆满各种杂物，与记忆中的场景一模一样。

"简直和仓库没什么两样。要是好好收拾一番，客人们进出也会方便不少。"

忒娅喃喃自语着，往店铺深处走去。

男子依然坐在那里，与十年前相比，外表没有丝毫改变。唯一的不同，大约是这一回，他在脖子上系了条新绿色的领巾。

面对瞠目结舌的忒娅，男子微微一笑。

"欢迎回来。"

"你……你知道我是谁？"

"当然。至今我仍记得，十年前客人来到本店时愁眉不展的表情。您是来取回当初寄存的物品吧？"

"是，是的。"

"我立刻为您去取。"

很快，男子拿来了戒指。

"是这枚戒指没错吧？"

忒娅看着戒指。这么仔细一瞧，她一眼便明白，戒指的确格外便宜。然而，在当时的自己眼里，它为什么能够那般璀璨耀眼呢？

忒娅禁不住叹了口气，点点头。

"确实没错，就是它。"

"那么，现在便将它还给您。"

戒指被静静地递到忒娅的掌心。

刹那间，忒娅的心中掀起惊涛骇浪。

这其中包含着她偷取戒指后，因好友的悲伤所品尝到的罪恶感、不愿被当作小偷的恐惧感，以及背负着秘密的沉重心情。

六岁时感受过的种种情绪，与戒指一块儿重回十六岁的忒娅体内。即便过去十年的光阴，这份重担依旧没有减轻。

忒娅仿佛被重重打了一棍，泪如泉涌。

"怎么会……为什么到现在我还会……呜……呜呜呜……"

忒娅呜咽出声。

男子温柔的声音淌过耳畔："这份痛苦也是属于您的。虽然本店可以寄存它，却无法将之消除或缓解。能够抹除痛苦的，除了客人您自己，别无他人……十年前您无法做到的事，想必今日可以做到，对吗？"

这是忒娅从十年屋口里听到的最后一番话。

待她再次回过神来，早已置身自己的房间。

她摊开手心，戒指正好好地躺在那里。仅仅看着它，她的心便隐隐作痛。愧疚感充斥着胸腔，令她险些喘不过气来。

已经无法再忍受了。这种情绪，她一刻也不愿再忍耐，必须同它做一个了断。本该由十年前的自己完成的事，便让如今的她去完成吧。

忒娅走出房间，决定去找拉拉。每走一步，她便感觉手中的戒指变得沉重一分，似乎正对她呐喊着，不想去，不要去。然而，呐喊的其实并非戒指，而是潜伏在忒娅内心深处的狡猾因子。

为此，忒娅咬紧牙关，继续往前走着。

就这样走吧，走到拉拉家，然后敲响那扇门。

不过，忒娅过虑了。就在她挣扎着往前走的时候，忽然发现拉拉走出家门，正朝自己的方向走来。拉拉的脸色有些苍白。

两个姑娘沉默地看着彼此。明明是每天都会见面、聊天、一块儿做功课的伙伴，今日的对方看起来却这样陌生。

最先开口的是忒娅。

"拉拉，我正打算去你家找你。"

"我也是……忒娅，我有话想告诉你。"

"你想说什么？"

"这个嘛……还是你先讲吧。"

"好的……"

忒娅闭上眼睛，只觉心跳加速，胸口闷疼。明明已经下定决心，一旦真要说出口，她又变得胆怯不已。不过，她依然深吸一口气，下定决心对拉拉喊道："我，是小偷！以前，我偷了你一件很重要的东西。"

拉拉睁大眼睛。

忒娅不敢再看好友的脸，迅速垂下眼帘，不假思索地坦白道："曾经，你弄丢了套在项链上的一枚戒指对吧？那枚戒指，其实落在庭院里了。我找到了它，却没及时告诉你，反而将它带回了家。因为那时候，我实在很想得到它，也非常非常羡慕你……可是，渐渐地，我再也无法面对它……我很苦恼，就在我不知道怎么办才好的时候，被一家不可思议的店铺叫了过去，于是，我将戒指寄存在了店铺里。真的很抱歉！对不起！现在，我想把它还给你。"

说着，忒娅将戒指交给拉拉。

谁知，拉拉没有立刻接过戒指，而是表情困惑地轻声呢喃着。

"不可思议的店铺……莫非……是十年屋？"

"嗯？"

这回轮到忒娅大吃一惊。

"为……为什么……你怎么知道的？"

"十年前，我也去过那里一次。准确说来，我想自己也是被它叫过去的……因为，我也做了非常不好的事，为此后悔不已。"

说着，拉拉从衣兜里掏出一件亮闪闪的小玩意儿。

那是一条手链。

银色的链条上缀着以景泰蓝工艺制成的小小水果，碰撞之下，发出铃铛般清脆细碎的声响。

"这手链，是我的！"

"没错，它就是你的那条手链……有一回我去你家玩，从你房间偷偷将它带走了。"

拉拉红着脸，对忒娅坦白了一切。

"那天，我们打算在你房间里画画，你还记得吗？我借口找你借彩色铅笔，打开了你的抽屉，发现手链就放在里面。那时候，被我奚落一番后，你不是立刻就没戴这条手链了吗？我还以为你对它腻烦了，于是想着，既然如此，不如把它给我喽……我……明明不该这样做的。"

"这么说，拉拉当年是把手链寄存在十年屋了吗？"

"没错。当时，我对自己的偷盗行为感到十分痛苦，也十分害怕，担心不知什么时候这件事会被你察觉，成天心惊胆战。哪怕支付一年的寿命，我也想摆脱掉它。我真傻，对不对，其实直接将它还你不就好了吗？"

说完，拉拉泫然欲泣地看向忒娅。

"弄丢戒指时，我想，这大概是上天对我的惩罚，是神明在惩罚做了坏事的我。"

"我也……和你有同样的想法。当我发现手链不见的时候，我想，要怪就怪自己从拉拉那里偷走了戒指吧。"

两个姑娘目不转睛地凝视着彼此，过了好一会儿，不知是谁先冲对方微笑起来。

"我俩真是太坏了。"

"对啊。"

忒娅轻轻地为拉拉戴上戒指。

拉拉也将手链系在忒娅的手腕上。

然后，两人紧紧地握住对方的手。无须任何言语。这一次，她们重新成为真正意义上的好朋友。

5

遗留的怀表

万里无云的星期日，吉恩坐在公园树荫下的长椅上，怔怔地凝视着天空。

　　吉恩是一名二十一岁的青年实业家。不仅相貌英俊、身材颀长，而且头脑非常聪慧。大学跳级毕业后，在父亲的亲自教导下学习各种相关技能。很快，他便活用这些技能拓展了几项事业，积累了不少财富，成为备受瞩目的青年才俊，也因此收获了世人或嫉妒或憧憬的目光。

　　然而，在吉恩看来，自己的人生一片灰暗，没有一件事物令他感到有趣。

　　升入大学时，他选择的是父亲期望的专业，遵循父亲的意愿学习投资领域的各种知识。之所以跳级，是因为他想早日摆脱无聊的授课与研究。如今手头的事业，在他眼里，亦不过是一道道按部就班完成的工序。他会这么做，说到底只是无奈之举，因为他没有找到别的更想做的事，

而忤逆父亲的意志又会给自己带来不少麻烦。

无趣的不仅是工作，还包括他的日常生活。他的三餐很随意，玩乐很随意，至于衣着，只要不被大众戏谑嘲笑就好。总之，旁人无法从他日常的一切中看出他的个性。

面对这样的吉恩，女朋友妮娜终于感觉厌倦。

"对不起，我没法再和你交往下去。我们分手吧。"

"等等。"

吉恩有些慌乱地抓住妮娜。妮娜性情开朗，从大学时代起便是吉恩的好朋友。对于吉恩而言，妮娜的活泼与爽朗是他灰色人生中唯一的救赎。他不愿失去它们，拼命挽留道："你究竟不满意我哪里？我长得不错，还算有点钱，大家也对我……"

"唉，打住吧，别说傻话好吗？你说的那些，我都不在乎。"

妮娜怜悯地盯着吉恩。

"你这个人，长久以来都太无趣了。跟你待在一块儿，连我的情绪也会不由自主变得低落消沉。这一点让我明白，我是没办法令你幸福的……最后给你一句忠告吧，尽管我不理解你到底对什么东西如此不满，不过，假如感觉不顺意，就勇敢地战斗到底如何？"

说完，妮娜头也不回地离开了。

这是发生在一个礼拜前的事。与妮娜分手后，吉恩才察觉，哪怕失去了她，自己也并没有受到多大影响。

无论妮娜在还是不在，他的每一天都过得无比乏味。唉，难怪妮娜会离开他。她早就领悟了，留在吉恩身边毫无意义……

吉恩仰望着天空。初夏的湛蓝晴空一望无际，然而，映在吉恩眼底，却呈现一片灰白之色。

没劲。无聊。可是，吉恩连改变这种状况的力量也不具备。他只是觉得一切都很枯燥，很麻烦。其实，所谓人生，说到底也不过如此吧？

唉，要是能遇上某桩意外事件，带给自己哪怕一丝惊讶或愉悦也好啊。

吉恩叹了口气，闭上眼睛。这时，耳边忽然传来什么东西纷纷扬扬飘落的声响。

大约是落叶吧。这么想着，他睁眼一瞧，却发现自己的膝盖上躺着一张深棕色的卡片。

仿佛被谁轻轻地放在膝头，卡片就那么静静地躺在那儿，上面写着硕大的三个字——"十年屋"。

吉恩本想随手拂掉卡片，却莫名地被勾起一丝好奇心，不由得拿起了卡片。这是一张两折式样的卡片，两端均有封口，要想瞧瞧里面写着什么，必须撕开封口才行。吉恩试着撕了一下，封口处粘得牢牢的，毫无撕裂的迹象。

"原来是无法看到内容的卡片，真无聊。"

吉恩顿觉索然寡味，于是翻到卡片背面。这里用细小的字迹满满地写着几句留言：

> 吉恩·乌拉斯先生，您好。这是我初次给您写信，我叫十年屋。某件指明由您接收并寄存在本店的物品，即将期满。作为收件人，望您亲自前来本店处理后续事宜，为此，本店冒昧地寄出这张招待券。若您有意取回物品，请打开这张卡片；若不打算取回，请在卡片上画下一道×印，契约有效期至此结束，寄存的物品将正式归本店所有。诸多打扰，敬请见谅。
>
> 十年屋谨启

吉恩惊呆了。

吉恩·乌拉斯先生？

他翻来覆去仔细看了好几遍，卡片上确实写着自己的名字。

"寄存的物品？收件人还是我？"

他完全不记得有这么一件事。虽然心里不大舒服，吉恩却无法否认，这张卡片的确是寄给自己的。难不成这是某个诈骗新手的伎俩？再说，真的有谁曾寄存过什么东西在他店里吗？

吉恩感到些许迷茫，不过仍然打算去店铺看看。虽说卡片上的留言十分可疑，却应该不至于带来危险，说不定还能为自己排忧解闷。

可是，卡片上并未写明店铺地址。嗯，或许写在了卡片里面，撕开封口才能看见。抱着不行便作罢的心态，吉恩再次尝试撕开卡片的封口处。

令他惊讶的是，这次几乎没费力气便撕开了封口，整个过程异常简单。并且，打开卡片后，从中溢出一股不可思议的香气与光芒。

待吉恩回过神，人已经站在雾霭弥漫的小巷中。奇怪，刚才自己明明还坐在公园的长椅上，头顶是湛蓝的天空，周遭绿意盎然。

"太令人惊讶了，这是……魔法吗？"

吉恩从前便听说，这个世界存在魔法，以及操控魔法的魔法使。虽然他们人数不多，但心血来潮时，也乐意帮助不懂魔法的普通人。只是，他们同时也会收取相应的报酬。

或许，自己便是被魔法使召唤到这条小巷来的。或许，那位魔法使就住在那所房子里。此刻，他的面前有一栋砖瓦结构的建筑，大门是白色的。小巷中鳞次栉比的其他建筑矗立在一片昏暗中，寂静无声。唯有这间店铺点着灯，仿佛照亮夜海的灯塔，指引着吉恩，向他发出邀约："请过来吧。"

吉恩冷静地判断着眼下的状况，心跳有些加速。他已经很久没有遇到如此刺激的新鲜事了。

很好，就让我会会那位魔法使吧。

吉恩推开白色的店门，向店铺内走去。甫一踏入，他便惊诧万分。店内七零八落地散布着无数杂物，连落脚的地方都没有。各种物品好似堆叠起来的积木，有些甚至直达天花板，状似座座小山。

然而，这里丝毫未给人破败荒废之感。乍一看，所有物品仿佛被随意扔在那儿，其实每一件都被好好地收藏着。

证据便是，如此杂乱无序的地方，竟连一粒灰尘也看不到。想来，这里早已被施过魔法。

吉恩感到佩服极了，那位魔法使到底从哪儿收集来这么多东西？他不由得左顾右盼，想要仔细鉴赏一番。

这时，他的脑海中响起一道严厉的声音。

"高雅之人不应注视肮脏之物。无论何时，你都应当挺胸抬头，堂堂正正向前看。目露怯意地东张西望，成何体统！"

这是父亲杰斯对他的训导。此时此刻，它听起来这样清晰，仿佛父亲正站在他身后。

他立刻直起身，笔直地往前迈步。父亲的命令不容违抗，父亲的教诲必须遵从。

吉恩目不斜视地向店铺深处走去，那里是柜台，上面放着一只银色的铃铛，旁边附有一张留言条："若有需要，请摇铃。"

吉恩等了一会儿，仍旧没有人出现。于是，吉恩按照留言条上的指示，摇响铃铛。丁零丁零——耳边响起一串清脆悦耳的声音，犹如涟漪一圈圈在水面扩散，铃声响彻整个店铺。

眨眼之间，一名男子从店铺深处走了出来。吉恩睁大眼睛，凝视着面前的男子。

男子身穿绿色的围裙，围裙上装饰着草莓图案。他的头上绑着洁白的三角巾，双手沾满面粉。看来在吉恩摇铃之前，男子一直沉浸于烹制料理中。

就外表而言，男子的年纪与吉恩相差无几，然而两人气质迥异。眼前的男子令吉恩倏然想起那牢牢扎根于大地的参天古木，尽管苍老，依旧能够生机勃勃地撑起一地绿荫。

两相对照之下，吉恩仿佛一株行将枯朽的幼苗，又瘦弱又无力，似乎下一秒便会折断，连叶子也忘记了生长。

"……这形容可真傻气。"

吉恩慌忙将这个想法从脑海中甩开。

此时，男子对他开口道："欢迎光临。"

耳边的声音听得人心旷神怡。男子戴着银质细框眼镜，琥珀色的瞳仁荡漾着深邃神秘的波光。

"您便是吉恩·乌拉斯先生吧？欢迎来到本店。请原谅我穿成这样来见您，方才我正在制作点心，现在立刻便去换套衣服。请在里间的会客室稍待片刻。来，请进请进。"

吉恩被领到店铺里间的小小会客室。

他在沙发上没坐一会儿，男子便再次出现。这次，男子换了一件深棕色的背心与同色长裤，并未搭配外套，显得分外潇洒。男子的打扮十分有品位，简直无可指摘。此外，他还在脖子上系了一条朱色的领巾，看起来分外时髦。他已摘下三角巾，露出一头柔软蓬松的栗色卷发。

男子手上端着一只托盘，上面摆着一套咖啡杯碟与一块大大的蛋糕。

"非常抱歉，让您久等了。我家执事今日休假，我便亲自下厨烤了蛋糕。这是新鲜出炉的第一块哦，请尝尝看。"

"不用了，我不太饿。"

"别这么说，快尝尝吧。我还煮了咖啡呢，是拿铁口味的，加有一大勺奶油与焦糖糖浆，我想您一定会很喜欢。"

趁着吉恩来不及拒绝，男子迅速将咖啡杯递到他面前。

吉恩目不转睛地盯着浮满奶油泡沫的咖啡杯。他已有十年未曾品尝甘甜的咖啡或红茶。

"作为一名绅士，应该享用黑咖啡或原味红茶。加入牛奶与砂糖，是女人和黄毛小孩才有的举动，简直不像话！"

从前，父亲是这么教导他的。

然而，严词拒绝对方的好意，才是更加没有教养的行为吧。吉恩沉默地接过咖啡尝了一口，觉得手中的拿铁甘甜而醇厚，下一刻，又因自己的感受惭愧不已。"好喝"之类的想法，是与父亲的教诲背道而驰的。

吉恩心里有些不安，只见男子切下一块蛋糕递到他面前。

"请用。这是栗子口味的戚风蛋糕，做法是我母亲传授给我的。"

包裹着一整颗栗子的戚风蛋糕并不太甜，散发着淡淡的栗子芬芳，与甘甜的拿铁相得益彰。

不知不觉间，吉恩的心情恢复了平静。自己已经很久不曾体验何为美食。回想起来，迄今为止，他所选择的一直是父亲建议的、与上流人士匹配的餐饮，而对自己真正喜好的食物视而不见。如此一来，他又怎么可能发自内心地认为前者是美食呢？

吉恩将蛋糕吃得干干净净，又啜了一口咖啡，总算记起自己前来此处的理由。

我到底在搞什么啊，竟然把正经事忘到九霄云外了。

吉恩有些羞愧地看向面前的男子。这位魔法使不仅拥有琥珀色的瞳仁，而且散发着令人敬畏的气质。

"那个……我收到一张卡片，上面说，有件物品需要我亲自前来贵店领取。"

"没错。这件物品已在本店寄存十年了。"

"……是谁将它寄存在这儿的？"

"是您的外公，银·萨翁先生。"

乍一听闻这个阔别已久的名字，吉恩骤然变了脸色。

"是外公……"

"是的，这便是他寄存的物品，请您查收。"

说着，魔法使不知从哪儿取出一个小小的包裹。

吉恩双手颤抖地接下包裹。眼前这个用银色丝绢手帕包起来的物件，比它的外表沉实许多。

啊，真奇怪，他的胸口竟然涌起某种疼痛的期待。或许此刻，他不应该去看里面装着的究竟是什么。

他的确是这样想的，手却不听使唤地擅自解开了包裹。

呈现在眼前的，是一只颇大的怀表。可惜，吉恩一眼便看出，这只表早已坏掉。玻璃表盘上布满裂痕，指针歪歪扭扭的，险些从内侧滑落。

即便如此，吉恩仍旧看出这只怀表绝非凡品，且一定出自手艺精湛的工匠之手。1 到 12 的每个数字下方，分别雕刻着独角兽、狮身鹰首兽、火凤凰等幻兽。其中的几只幻兽，或缺少翅膀，或磨损兽角，尽管残缺不全，却依旧栩栩如生，像是下一秒便会从表盘中一跃而出。

不，确切地说，它们其实是会动的。每当指针停在那些数字上，火龙的口中就会喷出火焰，半人半兽模样的子鹿则开始吹奏角笛。吉恩之所以清楚这些，是因为他曾目睹过。

没错，他是知道的。对这只怀表，自己再熟悉不过。它是由身为钟表匠的外公亲手打造的。

吉恩胸口闷痛，仿佛被人狠狠捶了一拳。与此同时，脑海中传来一串声响。

嘀嗒——嘀嗒——

是指针走动时发出的声音，那样齐整而富有韵律。它们相互重叠，化作音波的旋涡。尘封已久的记忆被带到旋涡上方，缓缓涌现。

吉恩的外公是一位技艺精湛的钟表匠，尤其擅长制作各种工艺精巧的机械人偶时钟。据说，他所制造的人偶时钟能够让人享受时光的流动，当世钟表匠中，无出其右者。

比方说，放置在起居室内的大时钟。

每到清晨六点，数字表盘下方的台座便会啪嗒一声打开，一只公鸡迅速钻出来，开始咯咯咯地打鸣。到了正午十二点，台座上会出现一群人偶，他们围坐在桌边的椅子上，热热闹闹地享用午餐。晚上八点时，一支乐队开始沉稳肃穆地演奏深夜的小调。

那时候，家里有一只以森林生活为灵感的木雕时钟。每到整点时分，时钟上的两扇小窗便会打开，一只小鹿从中飞奔而出，若是三点就奔跑三回，四点就奔跑四回。埋伏在下方的猎人手持猎枪，企图捕获小鹿，可惜每次都铩羽而归。

此外，还有一只天体时钟。由色彩各异的玻璃球组成行星，配上错落有致的铁轮，宛如真正的天体一般有序运行。这只时钟既能显示月相盈亏与潮汐涨落，又能预测日食，被世人誉为外公的杰作，至今仍在星象博物馆内展出。

机械人偶钟表大师，银。

吉恩十分敬爱享有如此盛名的外公。外公不仅为人风趣，而且谈吐得体、心灵手巧，能用闪闪发光的小螺丝组装起齿轮，缔造一个独属于时钟的世界。吉恩为这项魔法般的工程深深着迷。

外公所做的时钟，每一块零部件均由他手工制作，没有一处重复。这些钟表不但能够准确报时，还装饰着不少巧妙的小机关，充满玩心。

将来我也要成为外公那样的钟表匠，总有一天，我做出的时钟会比外公的更厉害。

听吉恩这么说，外公笑逐颜开，随即送给吉恩一套工具作为礼物，后来更将自己的一手绝活一点一滴地传授给吉恩。

吉恩把工具带回家，课业之余，便钻研如何组装齿轮。

面对沉迷于摆弄钟表的吉恩，父亲杰斯满脸不悦。

"以后别总往外公家跑了。"父亲甚至不留情面地对他说道，"幸好你这孩子像我一样优秀，只要现在努力学习，将来应该可以成为社会精英……记住，我们这个阶层的人，购买的都是高级钟表，和做表的那群人根本不在同一个世界。"

说这些话时，父亲的眼中总是盛满冰冷的光芒，吉恩从心底蹿出一股惧意。即便如此，他也没有听从父亲的命令，一有时间便去拜访外公。父亲的话分明是强词夺理，吉恩完全无法接受。

怎么可能乖乖听你的话啊！奇怪的是父亲才对吧，居然如此瞧不起外公，不过父亲会这么厌恶外公，大约因为外公是母亲的父亲，所以"恨屋及乌"吧。

自从与母亲离婚，父亲对吉恩的管束便日渐严厉。

吉恩的母亲是一位性情开朗明快的女子，极端地说，她只愿意做令自己快乐的事，因此极其厌烦态度严肃、中规中矩地生活。她曾多次将吉恩寄养在吉恩外公那里，自己则四处游乐。当然，她与丈夫杰斯爆发过无数次大规模的争吵，最后离家出走，如今似乎在南部逍遥度日。

父母的离异无疑带给吉恩巨大的精神刺激，那段日子，他每天都会哭哭啼啼。看到儿子的眼泪，父亲斥责他"软弱无能"，对他的态度也比从前更加严厉，并开始全面控制他的生活，从早餐菜品到着装、课业、阅读的书籍，父亲均会事无巨细地过问。

尤其是，父亲明令禁止他拜访外公。吉恩感觉，父亲本就不喜欢这位岳父，与妻子离异后，便打算乘机断绝与银的往来。

　　起初，吉恩说什么也不愿意接受。父亲自然可以当外公是陌生人，可我和外公之间是不一样的。哪怕母亲离开了这个家，外公依旧是我的亲人。

　　年幼的吉恩心里充满逆反情绪，总是与父亲对着干。他时常偷偷溜出家门，跑去外公家，听外公讲授钟表相关的各种知识，这也是唯一能让吉恩放松思绪的时刻。

　　时光流逝，这一年，吉恩满十一岁了。

　　某天，外公脸上挂着恶作剧般的笑容，对他道："外公啊，正在为吉恩做一只特别神奇的表哦。"

　　"是什么样的表？给我看看。"

　　"不行不行。这可是吉恩明年的生日礼物。从今往后，我会在起居室里监督你练习。这间工作室呢，你暂时不可以进来。"

　　外公说到做到，从那日起，果真不许吉恩踏入工作室一步。

　　既然外公说那块表"特别神奇"，就一定不会有错，想来该是一块格外精致的表吧。

　　这份期待令吉恩感觉明年生日离自己如此遥远。

就这样，心心念念盼着见识新表的吉恩，开启了漫长的等待时光。

有一天，父亲十分罕见地对吉恩说："今天我要去你外公家一趟，有事跟他谈谈，你一个人在家没问题吧？"

"我要去！我想同您一块儿去！"

"那就立刻收拾，准备出发，今天你穿绿色的外套。"

"我讨厌那件衣服，扎得浑身都不舒服。"

"不行，那件衣服做工不错，穿着它总比你不修边幅要好。另外，别忘了系上领带。明白了吗？"

"……"

倘若为衣服问题惹父亲生气，大概他就不会带自己去外公家了。今日姑且听父亲一回吧。

吉恩乖乖按父亲的要求换好衣服。身上的外套果然扎得他心慌，领带也勒得他几乎喘不过气来。然而，为了能够顺利拜访外公，吉恩还是选择忍受这一切，坐进了父亲的小汽车。

不巧的是，这天外公有事外出，家里的大门却没有上锁。见此情形，父亲不由得皱眉说道："真够粗心的。"

"算了，既然没锁门，说不定他只是去家附近办事，很快便会回来。我们进屋去等吧。"

"嗯。"

吉恩与父亲并排坐在沙发上等待，却总觉得心慌意乱。于是，他对父亲说了一句"我去一下卫生间"，便溜出了起居室。

待在父亲的视线无法触及之处，吉恩顿觉如释重负，随即又吓了一跳，真没想到外公的工作室竟然也没锁，房门微微露出一道缝隙。

"真是个好机会！"吉恩差点低呼出声，一溜烟钻进了工作室。

自己什么都不碰，什么都不摆弄，只是看看这个许久不曾踏入的房间，因此，也不算打破与外公的约定吧。

吉恩用这个借口赶跑心里的负罪感，左顾右盼地打量着屋里的陈设。

尽管许久没来外公的工作室，不过他发现，这里依然被打理得井井有条。各种工具一尘不染，摆放得整整齐齐。时钟的零部件也按尺寸与种类分门别类地放置在几只叠起来的木盒中。墙上挂满尚未完工的时钟，有的钟已经开始运转，嘀嗒嘀嗒，指针走动时发出悦耳的声响。

啊，果然还是这间屋子好，这里大概是这世上唯一一处令他心平气和的场所。

就在这时，吉恩留意到桌上的一块时钟。

确切地说，那是一只怀表。与一般怀表相比，它实在有些庞大。它的表面是银色的，打磨得十分光滑，没有雕刻图案，也没有任何装饰。然而，表盘的设计简直巧夺天工。1到12的每个数字下方，分别雕刻着一只神奇的幻兽，有龙、人鱼、精灵、独角兽，等等。这些色彩艳丽的幻兽栩栩如生，仿佛要从表盘中跃出。

不，说不定它们就是可以动的。

吉恩不由自主地拿起怀表，想确定它们究竟能不能动，却发现怀表指针正在走动，显然这只表已经完工。那么，自己稍微摆弄摆弄，应该不要紧吧？

吉恩不断找理由说服自己，然后将指针拨到十一点的位置。恰在此时，位于11下方的天马扬起前蹄站了起来，精神抖擞地扑扇着翅膀。

"果然！"

吉恩不停拨弄指针，想看看其他幻兽动起来是什么样子。于是，他接连欣赏到巨龙喷火、矮人挥动手中的小铲、

精灵操控火焰、海兽与九头蛇缓缓地蠕动身躯。

　　不愧是外公制作的怀表，多么精致，多么引人入胜啊。这是至今为止，他见过的最棒的怀表，也一定是外公打算在明年送给自己的生日礼物。

　　吉恩沉浸在怀表带来的喜悦之中，这时，耳边忽然响起一道声音。

　　"吉恩！你在做什么！"

　　房门被推开，父亲杰斯的身影出现在门口。

　　由于事发突然，吉恩吓了一大跳，摆弄指针的手一松，怀表旋即滑落。

　　啪嗒——

　　怀表摔落在地，声音不大，却极其刺耳。

　　吉恩顿时身体僵硬。他都做了什么啊，竟然把怀表摔到地上！

　　少年脸色苍白，父亲站在他面前，缓缓地拾起怀表，瞥了一眼，随即皱眉道："摔坏了。"

　　"怎……怎么会！骗人的吧……"

　　"真的，不信你看。"

　　吉恩从父亲手中接过怀表。

父亲没有骗吉恩。玻璃表盖上布着几道细细的裂痕，此外，怀表摔到地上后，在冲击力的作用下，幻兽们的身体变得松松垮垮的，其中一根指针已经脱落。大约正是由于做工过于精致，才导致怀表本身如此脆弱吧。

　　看着怀表可怜的模样，吉恩差点儿停止呼吸，感到又难过又害怕，一股恐惧从心底升起。

　　仿佛想要乘胜追击一般，父亲刻意用沉重的语气对吉恩说道：“瞧瞧你这孩子都做了什么好事，居然摔坏了外公的作品，这事儿要是被外公发现，他不知会有多难过，你懂吗？”

　　“……”

　　“光是赔礼道歉的话，想必他根本不会原谅你，对外公而言，时钟是他的宝贝，几乎与他的性命同等重要……倘若知道是你弄坏的，他应该看都不想再看你一眼。”

　　闻言，吉恩哇的一声大哭起来。他无颜面对自己犯下的过错。

　　“我该怎……怎么办才好？”

　　“成为一个优秀的人，吉恩。”

　　父亲用力地握住吉恩的双肩，眼中闪烁着奇异的光彩，嘴角浮现一抹浅浅的冷笑。

"你要成为一名让外公引以为傲的优秀人才，如此一来，外公终有一日会原谅你。没关系，今后都由父亲指导你，你只要乖乖听话，按父亲说的去做就好。"

这话听在年幼的吉恩耳中，仿佛意味着"父亲是站在你这边的"，于是，哭泣不止的吉恩紧紧抱住了父亲。

父亲带着吉恩走出工作室。这一天，父子俩没等外公回来便径自离去。

从那天起，吉恩对父亲唯命是从。他勤奋学习，着装打扮也遵从父亲的指示，阅读父亲推荐的各种书籍。即便感觉辛苦，他也默默忍受，认为这是上天对自己的惩罚。况且，倘若自己成为一个优秀懂事的乖小孩，应该就能够再次见到外公。这一想法支撑着吉恩幼小的心灵，使他得以继续坚持。

当然，事态之所以演变到这一步，也是因为自那天起，外公便断绝了与吉恩的联系，既没有书信也没有电话往来，更别说来吉恩家里做客。而吉恩也不再去外公家玩耍。他已失去勇气，害怕听见外公冲自己怒吼："你来做什么！"

不过，吉恩时不时会问父亲："外公有捎什么消息来吗？"

对着提心吊胆的吉恩，父亲总是愁眉不展地点点头，说道："有啊……可惜，他老人家对你还是非常生气。他那个人，脾气犟得很，我们再给他一点时间吧。"

每当听闻父亲这么说，吉恩的心就像被勒住似的。

日子一天天过去，吉恩迎来了自己的十二岁生日。他一直盼望这一天早早到来，因为他在内心深处，其实抱着些许期待。

说不定，外公今日会来家里做客，又或者他本人不出现，但会寄来送给吉恩的生日礼物，表示他已不再生气。吉恩觉得，只要收到诸如此类的微小信号，自己便有勇气跑去外公家，向外公赔礼道歉。为此，吉恩迫切希望得到一个信号。求您了外公，请告诉我，您会原谅我。

吉恩一面在心中祈祷，一面翘首以待，然而整整一天过去了，外公并未出现，自己的生日礼物也未送达。

或许外公还没有原谅吉恩吧。

当天夜里，被绝望笼罩的吉恩，躲在被窝里哭泣不止。

最终，吉恩也没能与外公再次相见。吉恩的生日过去约半年，外公便去世了。

从父亲那里获知这一消息后，吉恩便开始放弃独立思考，认为凡事听命于父亲，能让自己活得更加轻松。

只要遵从父亲的命令，他便无须怀疑，亦无须畏惧。仿佛感官都已麻痹，是那种对所有事物皆失去感知的轻松愉悦。他再也没有碰过外公送给自己的钟表制造工具，并且希望忘掉外公，因此不愿再回想起有关外公的一切。

就这样，他将全部记忆封印在心底某处，如父亲所愿般生活，由此塑造出另一个自己，一个犹如父亲分身一般的吉恩。

记忆喷涌而出，过多的信息导致吉恩的大脑有些混乱。他甚至感觉头疼。

"呜呜……呜呜呜……"

吉恩哽咽着垂下头。

魔法使温和地对他说道："事实上，有些留言也一并寄存在本店。"

"留言……是指……外公留给我的吗？"

"正是。请您仔细听一听。"

说完，魔法使取出一只硕大的海螺。螺壳呈现淡淡的

珍珠般的色泽，螺口用软木塞牢牢地封住。魔法使拔去软木塞，一道深沉温暖的声音从海螺里流淌而出。

"我亲爱的外孙吉恩，你过得还好吗？"

听见声音的刹那，吉恩泪如泉涌。

他仍记得，记得这个声音。讲话的正是外公，绝不会有错。

吉恩泪流满面，感觉外公仿佛正站在自己面前。此刻，封印在海螺内的外公的声音，正源源不断地流向吉恩的耳边。

"吉恩，你突然不再来外公家玩耍，是那只怀表的缘故吧？对于那件事，外公从未感到生气或是对吉恩失望。有形之物，终将腐朽，正因如此，才更加值得我们珍惜。为了告诉吉恩这个道理，外公写过许多封信，我也曾试着造访吉恩的家，希望能见见你。可惜，那些书信似乎没能寄到吉恩手中，我也吃了闭门羹，被告知'那孩子仿佛不愿看到您老人家'。这期间，我的身体诊断出了问题，因此决定将这只坏掉的怀表留给你作纪念。其实，要修好它，对外公而言可谓易如反掌，然而这样并不能对吉恩有所助益。只是，就这么将坏掉的怀表留给你的话，待我死后，你父亲一定不会将它交给你，而是选择擅自处理掉它。为此，我决定拜托十年屋先生，将怀表寄存在他的店里，并指定你为收件人。

"唉，吉恩，今年你应该二十一岁了吧。外公有些担心，不知道你会成长为一名怎样的青年。毕竟，你的身边只有父亲。而你的父亲，虽说头脑聪明，擅于积累财富，可他的内心太过贫瘠。外公非常担心你受到父亲的影响。无论如何，吉恩，请不要失去自我，请不要忘记当年那位笑着对外公说'将来我也要做一名钟表匠'的少年，以及他的初心。这是外公唯一的恳求。哪怕不做钟表匠也好，外公唯愿吉恩的人生能够开花结果。"

留言至此结束。

会客室里一片寂静。吉恩仿佛一座石像，怔怔地愣在那里，眼泪早已干了。

过了很久很久，吉恩才缓缓地看向魔法使。

"外公……原谅我了吗？"

"这一点我并不清楚，不过，他的确十分希望见您一面，并且不断表示非常担心您的生活，于是，我建议他在这只海螺里留下想说的话。"

"……"

"总而言之，您外公寄存在本店的物品已经全在这里了。接下来，您打算怎么做？要取回这只坏掉的怀表吗？或者拒绝签收？当然，您有权做出任何选择。"

"……"

吉恩长长久久地凝视着怀表，脑海中犹如火山喷发般闪过各种念头。

外公一直盼着见我一面？还原谅了我？可是，为什么我竟毫不知情？啊，我明白了，是父亲，是父亲阻止了这一切。他控制我的言行，还让我疏远了外公。一切都是父亲害的。

吉恩恨恨地想着，眼前的怀表仿佛一切的导火索，令他感到憎恶。然而，它是外公特意为自己做的生日礼物，是他留给自己的纪念品，哪怕坏掉了，也意义非凡。

吉恩如梦初醒般紧紧握着怀表，将它抱在怀里。

现在，这只怀表已正式属于自己。不过，事情远远没有结束，吉恩再次看向魔法使。

"同一件物品，可以在贵店寄存第二次吗？"

"当然可以。不过，这种情况下，需要向新的寄存人收取一年的时间作为报酬。"

"时间？"

魔法使的脸上露出一抹柔和的笑意。

"这里是十年屋，顾名思义，便是提供十年寄存期并收取一年时间作为报酬的店铺。当初，银先生支付了余生的全部时间，才得以将怀表寄存在这里。"

也就是说，外公不惜付出生命，也要将自己的想法传达给吉恩。那么，自己无论如何都必须回应外公的这份牵挂。吉恩坚定地想着。

"那么，请从我这里取走寿命吧。"

"您打算将这只怀表再次寄存十年吗？"

"是的，如今的我没有办法修好它……给我十年时间，我一定会成为一名钟表匠，让这只怀表恢复如初。"

魔法使直直地凝视着面前这名目光坚定的青年，随后微微一笑。

"或许，您用不了十年时间，便会来带走这只怀表。银先生曾说，您是让他引以为傲的外孙，您拥有制造钟表的天分……那么，请签订契约吧，本店将再次为您保管这只怀表。"

接下来，吉恩在契约书上签下了自己的名字，然后，一眨眼的工夫，他便回到了公园的长椅上。

吉恩长长地叹了一口气。往后的日子，他会变得异常忙碌。为了成为一名钟表匠，他首先得决定在何处进修。倘若拜托外公的同行，应该能够找到门路。不过在此之前，他必须将手头的工作好好做完，所有相关事宜也需处理妥当。

这其中，最大的麻烦来自父亲。假如告诉他，自己想成为钟表匠，按照父亲的性格，他大概会怒不可遏。老实说，光是想到要违逆那样一个父亲，吉恩便感到不寒而栗。多年来，吉恩早已习惯听命于父亲，骤然改变自己的心志与性格，绝非一朝一夕之事。

可是，如今的吉恩还拥有一件东西，那便是外公的遗言。外公留下的一字一句都将守护吉恩，赐予他勇气与父亲抗衡。最重要的是，他的目标是修复那只怀表。他已很久没像现在这样，迫切地盼望做成某件事。

吉恩深深地呼吸，抬头仰望天空。湛蓝的晴空依旧万里无云。这种静下心来，悠闲地欣赏天空的举动，真是久违了。

忽然，吉恩很想和妮娜聊聊，告诉她发生在自己身上的奇妙事件，以及他的一系列改变。

这个时间点，妮娜应该还在大学的研究室。必须立刻赶去见她。

吉恩站起身，匆匆地往大学的方向走去。

6

从头来过的魔法

十年屋是一家神奇的店铺，店内寄存着琳琅满目的古物。店铺深处的储物架上，摆放着一只小小的骷髅，眼窝里镶嵌着两颗大大的钻石。骷髅整体被打磨得十分光滑，仿佛是用银制成的一般。

咔嗒咔嗒咔嗒，咔嗒咔嗒咔嗒。

忽然，骷髅发出响亮的磨牙声。眼窝处的钻石开始绽放璀璨的光芒。

正与执事猫卡拉西一块儿打扫店铺的十年屋，急忙冲到储物架前，取下骷髅，将它放在耳边仔细聆听。

"您好，我是十年屋。"

"哟，年轻人！最近还好吗？"

从骷髅里传出的这道声音格外洪亮，甚至可以说有些嘈杂。

"……原来是鹤女士，好久不见。"

"瞧你这语气，还是那么一本正经，简直像个中年大叔。明明看起来年纪轻轻，倒是给我朝气蓬勃地说话呀！害得我每次听到你的声音，都感觉自己老了好多岁。"

"……我天生就是这种平淡无味的声线。说起来，您找我是有什么事吗？"

"嗯。我这边的材料用完了，打算去你那儿置办一些。现在就是通知你一声，差不多三点到你店里。"

"什么！请等等，您这话也太突然了，我这边抽不开时间……"

"啊啊，听不见听不见！这只通信骷髅好像信号不大好呢。就这样啦，一会儿见！"

对方利落地切断信号，骷髅瞬间安静下来。

十年屋叹了口气，将骷髅放回储物架上，对正用抹布擦拭家具的卡拉西说："鹤女士一会儿要过来。"

闻言，卡拉西猛地竖起耳朵。

"……卡拉西不擅长应付那位客人。"

"说实话，我也一样。不过没办法，在本店客人中，她出手极其阔绰。而且她很守时，说三点过来，就一定会准时出现。卡拉西，把'闭店中'的指示牌挂在门上吧，否则，让普通客人撞见鹤女士，也太难为他们了。"

"遵命。"

趁着卡拉西去挂指示牌的时候，十年屋手脚麻利地收拾好清洁工具，然后用紫色的粉笔在地板上画了一个圆圈，填入一些奇妙的图案和咒语。

"很好，魔法阵也布成了……嗯，距离三点还有一刻钟。"

"……卡拉西可以去里间待命吗？"

"喂喂，让我一个人应付鹤女士，你太薄情了吧？你也留在这里吧，今天的晚饭我会烤一条大鱼犒赏你的。"

"……餐后甜点可以搭配奶油吗？"

"你可真会敲竹杠啊。明白了，晚饭是烤鱼加一份涂有奶油的餐后甜点。"

"那么，卡拉西便恭敬不如从命了。"

接下来的十五分钟里，十年屋与卡拉西始终坐立不安地等待着客人到访。

这时，放置在角落里的大座钟开始发出沉闷的鸣响。时间来到了下午三点。一人一猫正襟危坐，屏住呼吸，沉默地注视着地板上的魔法阵。

铛——笨重的座钟敲响第三声，随之而来的是——

店门砰的一下被推开。

巨大的声响从门口传来，惊得十年屋与卡拉西同时跳了起来。

"啊！"

"喵！"

他俩扭头一看，只见一位老奶奶气势十足地踏进店铺。

她看上去精神抖擞，一头齐耳短发染成鲑鱼粉色，鼻梁上架着眼镜，厚厚的镜片仿佛是用玻璃瓶底做成的。

她的头上戴着一顶鲜红的帽子，帽檐极宽，款式却格外离奇。头顶部位扎满绷针和缝针，状如针山；帽檐处装饰着线轴与毛线球，并且别了一把银质剪刀。

老奶奶身上穿着一条连衣裙，却让人说不出究竟是什么颜色。因为布料上缀满层层叠叠的纽扣，盖住了布料原本的模样。

她随身携带的并非手提包，而是一只泰迪熊造型的淡蓝色帆布背包。而且，这只泰迪熊浑身上下布满补丁，面庞粗犷。

面对衣着标新立异的老奶奶，十年屋捂住胸口，虚弱地开口道："鹤女士……我们差点就被您吓得魂飞魄散了。本以为您肯定会使用魔法，我还特地画好魔法阵，恭候您的大驾呢。"

"那可真是抱歉哪，今天偏巧走了常规路线。不过嘛，来你店铺一趟也不容易，路太难找了。如此一来，上门取回物品的客人岂不是很辛苦吗？"

"这您无须担心。从前，客人们都是循着地图找过来的，如今我改为利用魔法，邀请他们直接来到本店。"

"嘿，你这考量倒是细致周到。"

"哪里的话。有的客人比较性急，希望尽快取回重要的寄存物品。之前有位客人便是如此，在前来本店的途中遭遇意外……因此，我才改变了做法。"

听到这里，卡拉西迅速垂下眼帘，肩膀随之颤了颤，仿佛强忍泪意。见此情形，鹤女士似乎明白了什么，不经意地转移了话题，用明朗的声音说道："好了，言归正传，来，快让我瞧瞧店里的材料。最近我的铺子生意很好，得尽快推出新商品啦。"

"请慢慢看吧，在此期间，我们会为您准备下午茶点。"

"多谢喽。我还是和以前一样，咖啡就好，另外，砂糖三匙，不加牛奶。"

"这点您请放心，我们一直记得，对吧，卡拉西？"

"是的，主人。"

"真是伶俐的小猫咪啊……我说，你要不要考虑来我店里帮忙？"

"鹤女士，请不要每次来本店，都想拐跑我家的执事好吗？还愣着干什么，卡拉西，去里间准备咖啡吧。"

"遵命，主人。"

卡拉西小跑着离开。

鹤女士惋惜地啧了一声。

"喊，又逃走了。"

"所以我才说请别总想着拐跑它嘛，卡拉西会很困扰的。"

"这也是没办法的事呀，谁叫我天生喜欢可爱的小东西呢？那只猫咪太乖巧了，更适合留在我的店里。"

鹤女士一边嘟囔着，一边在店内转悠。她仔细瞧着那些堆积如山的物件，透过狭窄的间隙窥探藏在更深处的物品，甚至强行将它们拽出来赏玩。有的东西不方便拿取，引得鹤女士一阵抱怨。

"你也稍微收拾收拾自己的店铺怎么样？什么东西都乱七八糟地堆在一起，真要拿的时候，根本不知道上哪儿找去，太折磨人了。"

"这不是希望鹤女士您享受一下探宝游戏的乐趣吗？"十年屋说道。

"别油嘴滑舌地找理由，你纯粹是不擅长收拾吧？唉，气死我了，里面的东西好难拿。"

尽管抱怨不止，不过一旦发现中意的物件，鹤女士仍旧毫不犹豫地将其一一摆放在地板上。

"嘿，这双手套不错，这边的水壶和遮阳伞也挺有意思，哎呀，这颗玻璃弹珠真漂亮。"

不过，众多物件中，最令鹤女士感到欢喜的是一只雪猫。看见它的瞬间，她开心得手舞足蹈起来。

"这只雪猫棒极了，做得太精致啦！"

"不愧是鹤女士，很有眼光嘛。"

"那是当然的。假如错过了它，我就对不起'从头来过的魔法使'的称号了，属于非法营业喽。嗯，嗯，真不错……男孩与女孩，还有飘落的雪花。唔，完全可以想象那幅画面呀。我这就来改造改造它。借个地方给我，对，把那边的木箱和木桶都搬走，动作麻利点！"

"好好好。"

十年屋依照鹤女士的指示搬开杂物，腾出一小片空地。鹤女士将雪猫放在空地上，吟唱起歌谣：

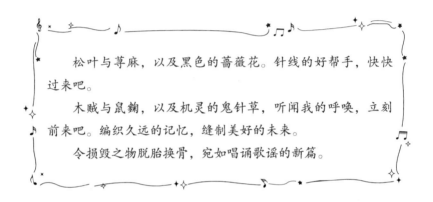

松叶与荨麻，以及黑色的蔷薇花。针线的好帮手，快快过来吧。

木贼与鼠麴，以及机灵的鬼针草，听闻我的呼唤，立刻前来吧。编织久远的记忆，缝制美好的未来。

令损毁之物脱胎换骨，宛如唱诵歌谣的新篇。

伴随鹤女士的歌声，插在她帽子上的剪刀与缝针缓缓地悬浮于半空，缠绕在线轴上的毛线纷纷探出脑袋。这时，不可思议的场景出现了，仿佛裁剪空气一般，剪刀咔嚓咔嚓地跃动，针与线随之起舞，似乎正忙着缝制一匹无形的布料。

渐渐地，璀璨的光束被吸引而来。在光芒的笼罩下，雪猫慢慢缩小，然后……

雪猫倏然消失了，取而代之的是一个雪花纷飞的水晶

157

球。剔透的球体中，小男孩与小女孩正在亲密无间地堆雪人。雪人是猫咪状的，男孩踮着脚，奋力为猫咪做耳朵；女孩将纤细的树枝插在猫咪嘴边，以此作为它的胡须。这样的画面，旁人仅仅瞧上一眼，就好似能体会玩雪的快乐。

十年屋屏住呼吸，静静地观看。忽然，他的脸上浮起笑意，称赞道："真精彩！鹤女士的'从头来过的魔法'果然名不虚传。"

"呵呵，那还用说吗？哎，这次也得归功于这份上好的原材料。嗯，这件新品确实完成度很高呀。"

鹤女士心满意足地说道，随即拿起那个水晶球，轻轻摇了摇。顿时，洁白的雪花纷纷扬扬地飘落，球内的世界越发富有冬日的气息。

十年屋与鹤女士一道欣赏着水晶球，过了好一会儿，鹤女士不由得喃喃道："我真的很喜欢这个水晶球呢，如果可以，希望将它一直留在身边，可它一定会立刻被客人买走的。"

"嗯，一定。它应该会遇见与它无比般配的客人吧。"

这时，卡拉西从里间走了出来。

"您的咖啡与草莓馅饼准备好了。"

"哦，不愧是小猫咪，来得正是时候。而且，心灵手巧。草莓馅饼太对我胃口了，我可喜欢它啦……喂，你真的不考虑来我店里帮忙吗？薪水方面绝不吝啬哦。"

"鹤女士！"

"我明白，我明白，语气别那么凶嘛，我不会再多嘴啦。好不容易可以品尝这么美味的草莓馅饼，我可不想没吃完就被你们扫地出门呢。"

"我们最怕的，就是您这种狡黠的作风了。"

"这个话题咱们就此打住吧。喏，此刻不是下午茶时间吗，我要休息休息，接下来还得继续找材料呢。今天若不搜罗一大堆好东西，我是不会离开的。"

"……请尽情挑选自己喜欢的物品吧。"

"我就是这么打算的。在此之前，先尝尝馅饼去。"

说完，鹤女士率先兴高采烈地冲进了会客室。

十年屋与卡拉西对视一眼，不由得轻声笑起来。

"好了，我们也进去吧，否则，馅饼会被鹤女士一扫而空的。"

"没关系，我做了不少馅饼，都藏在厨房里。"

"干得漂亮，卡拉西。这回得好好奖赏你一番才行。"

"那么，请主人给我买沙丁鱼罐头吧，要贵的那种。"

"好啊，买两罐给你吧。"

"太好了！"

主仆二人和和气气地谈笑着，朝里间的会客室走去。

尾声

致最喜欢的诺诺：

近来你身体如何？师父对你还是一如既往地格外严厉吧？不过，上次你来信说，多亏师父如此，你的技艺才得以突飞猛进。看完那封信，我几乎能够想象诺诺努力钻研的模样，同时也有些担心，怕你太过努力，弄坏了身体。请不要逞强，注意休息。

有个好消息要告诉你。之前尝试的新药，疗效似乎不错，最近感觉病情好转许多，说不定明年新年就能过去探望你。没错，我这样的病秧子终于可以出国了，很厉害吧？

再同你汇报一件事。昨天去医院复诊途中，路过一家小小的杂货店，店名叫"从头来过的店铺"。店内的氛围非常奇妙，我不由自主地走进去瞧了儿眼，结果发现一个十分可爱的水晶球。玻璃球体内，一个小男孩与一个小女孩正在堆雪人，不知怎么的，它让我想起了我们小时候一块儿玩耍的情景，我二话不说便买下了它。

现在，这个水晶球被我放在你送给我的猫咪雕像旁。这么并排看过去，它俩真是无比相衬。我也说不上原因，反正无论哪一个都会让我非常想念你。所以，你不在身边的这些日子，就让它俩陪伴我吧。啊，但是你不能吃它的醋哦，因为制作这个水晶球的是一位老奶奶。至于是怎样的一位老奶奶，下次见面时细细地讲给你听吧。

今日就写到这里。请多多保重身体，期待与你重逢的一天。

香羽莉谨启

回忆之物因人而异，

在别人眼中也许是毫无用处的废品，

对当事人而言却是无可取代的宝物。

图书在版编目（CIP）数据

十年屋 : 全三册 / (日) 广岛玲子著 ; (日) 佐竹
美保绘 ; 廖雯雯译 . -- 海口 : 三环出版社（海南）有
限公司 , 2023.7 （2023.11 重印）
　　ISBN 978-7-80773-052-1

　　Ⅰ . ①十… Ⅱ . ①广… ②佐… ③廖… Ⅲ . ①儿童故
事 - 作品集 - 日本 - 现代 Ⅳ . ① I313.85

中国国家版本馆 CIP 数据核字 (2023) 第 055045 号

版权合同登记号：30-2023-052

十年屋 時の魔法はいかがでしょう？
Text copyright © Reiko Hiroshima 2018
Illustrations copyright © Miho Satake 2018
First published in Japan in 2018 by Say-zan-sha Publications, Ltd.,
The simplified Chinese translation is published by arrangement with Say-zan-sha Publications, Ltd.
through Rightol Media in Chengdu.
本书中文简体版权经由锐拓传媒取得 (copyright@rightol.com)。

十年屋1

SHINIAN WU 1

著　　　者	广岛玲子	译　　　者	廖雯雯
插图绘制	佐竹美保		
策划编辑	朱碧倩 梁洁 黄香春	责任编辑	劳如兰
美术编辑	陈秋含 周勤	特约编辑	吴馨 张华华 朱静楠
出版发行	三环出版社（海口市金盘开发区建设三横路 2 号）		
	邮编　570216	邮　箱	sanhuanbook@163.com
社　　　长	王景霞	总 编 辑	张秋林
印刷装订	北京盛通印刷股份有限公司		
书　　　号	ISBN 978-7-80773-052-1		
印　　　张	5.25		
字　　　数	72 千字		
版　　　次	2023 年 7 月第 1 版		
印　　　次	2023 年 11 月第 2 次印刷		
开　　　本	880 mm × 1230 mm　1/32		
定　　　价	98.00 元（3 册）		